「これが、全部俺のもんなのか？」
　またこくこくと頷く。
ここに来るまでは無理やり押し倒して
既成事実を作ってやろうかぐらいに思っていたのに、
いざとなってしまえば恥ずかしくて体が竦んだ。
いつもの賢吾相手にならできたことが、
今の賢吾には恥ずかしくてできない。
　何だか初めてのやり直しをしているみたいで、
いたたまれない気持ちだった。
「は、早く、触ってくれ……っ」

極道さんは運命のパパで愛妻家

佐倉 温

22271

角川ルビー文庫

目次

口絵・本文イラスト／桜城やや

閑静《かんせい》な住宅街。その一角に町内では有名な建物がある。ぐるりとコンクリートで囲まれたその中には広い庭で繋《つな》がれた本家と別棟《べつむね》があり、いかつい男達がそこを厳重に守っていた。

そこは極道《ごくどう》組織「東雲《しののめ》組」。

元々はテキ屋であった東雲組は今も地域とのかかわりが深く、薬物や銃《じゅう》などのシノギを禁止していることもあって、ある意味では警察よりも地域の治安維持《いじ》に貢献《こうけん》している存在だ。

現在は二代目の東雲吾郎《ごろう》が組長として舵《かじ》を切る東雲組だが、吾郎は高齢《こうれい》のため、息子《むすこ》である東雲賢吾《けんご》が実質的に組を率いている。

若頭《わかがしら》であり、次期組長でもある賢吾はまだ三十を迎《むか》えたばかりの男盛《おとこざか》りだ。鍛《きた》え上げられた肉体と端整《たんせい》な顔立ちは大層人目を惹《ひ》き、彼が街を歩けば道行く人の視線が彼に集まっていく。

天は二物だけではなく数々の恩恵《おんけい》を彼に与《あた》えたようで、見た目だけではなく賢吾は頭も切れる。現在の東雲組のシノギのほとんどは、彼が若頭の地位に就《つ》いてから成功させてきたものだ。

そんな風に世の男性が欲しいもののほとんどを手に入れているように見える賢吾だが、そんな彼にも長年手に入れられないものがあった。

それが初恋《はつこい》の相手、雨宮《あまみや》佐知《さち》である。

地域にある雨宮医院の三代目で、賢吾とはほとんど生まれた時から一緒《いっしょ》の幼馴染《おさななじ》みである。色素の薄《うす》い髪《かみ》と、常に潤《うる》んでいるかのような瞳《ひとみ》のそばにある一粒《ひとつぶ》のほくろが印象的な、すこぶるつきの美形で、彼の目を見てしまうと誰《だれ》しもが平静ではいられなくなると言われるほど、凄絶《せいぜつ》な色気を持った男だ。

幼い頃《ころ》から一途《いちず》に佐知を思い続けた賢吾が、その長い片恋を終わらせたのは彼らが三十歳になろうかという頃。吾郎の隠《かく》し子である史《ふみ》を、賢吾が自分の子供として引き取ったことがきっかけだった。

母を亡《な》くしたばかりの史は最初、ほとんど話さないおとなしい子で、史の行く末を心配した佐知と賢吾が共に育児をすることになった。二人は慣れない育児に奮闘《ふんとう》しつつ、お互《たが》いの誤解を解き、めでたく思いを通わせることになったのである。

その後も史は佐知と賢吾に愛情豊かに育てられ、出会った頃が嘘《うそ》のように、今では駄々《だだ》を捏《こ》ねて怒《おこ》られることも増えた。

三人は互いに少しずつ歩み寄り、今では家族として仲良く暮らしている。現在の佐知の戸籍《こせき》上の名前は東雲佐知。賢吾の籍に入る形で、二人はめでたく結ばれ、戸籍上でも三人は正式に家族となったのだ。

子育てというものは一筋縄《ひとすじなわ》ではいかない。時には声を荒《あら》げて喧嘩《けんか》することもあるし、感情的になって後悔《こうかい》してしまったりすることもある。それでも二人は、史の成長に戸惑《とまど》ったり喜んだり、時には涙《なみだ》したりしながらも、後悔など一つもしていない。吾郎の妻で賢吾の母である京香《きょうか》も双子《ふたご》を産んだり、史の伯父《おじ》であるジーノが乗り込んできたりと、騒動《そうどう》には事欠かないが、その時々、お互いに対する思いを強くしながら、日々は楽しく過ぎていくのである。

それは、これから先も……？

佐知は、緊張《きんちょう》でばくばくと音を立てる心臓を宥《なだ》めようとシャツ越《ご》しに手で押さえる。

落ち着け、俺。雰囲気《ふんいき》に呑《の》まれるな。俺はちゃんとやれる。間違《まちが》いなくやれる。

家を出る前に伊勢崎《いせざき》とした会話を思い出す。『怖気《おじけ》づかないでくださいよ？』と言われた時は馬鹿《ばか》にするなと思ったが、いざここへ来てみると今すぐ逃《に》げ出したい気持ちしかない。

伊勢崎め、こんな完璧《かんぺき》な場所を用意しやがって。

賢吾が勝手にワードローブに加えていたお高めのスーツに身を包み、都内でも有数の高級ホテルの最上階で二人きりのディナー、というのも佐知にはなかなか難易度の高いミッションだった。フランス料理のフルコースは素晴《すば》らしいものだったが、正直ほとんど味を覚えていないぐらいだ。賢吾は堂々としたもので、憎《にく》らしいほど恰好《かっこ》よかった。ムカつく。

……そして食後に案内されたこの部屋で、佐知の緊張はマックスを迎えている。

何だよ、この部屋は。

これまでも賢吾に連れられて、スイートルームを利用したことは何度かあった。だが、そのどれもが霞《かす》むぐらいのグレードだ。

賢吾は佐知が必要以上に贅沢《ぜいたく》をすることを好まないのを知っているので、賢吾なりに控《ひか》えてはくれる。佐知からしてみればそれでも高すぎると思うこともしばしばだったが、もしかしたら賢吾にとっての普通《ふつう》はこちらなのかもしれない。その証拠《しょうこ》に、賢吾はこの部屋に入ってからもいつも通りだ。

「あいつ、なかなか気が利《き》くじゃねえか。見てみろよ、佐知。ちゃんと俺の好きなシャンパンまで用意してあるぞ」

視線の先では、上着をソファに放《ほう》り捨てた賢吾が、テーブルに用意されたつまみをお行儀悪《ぎょうぎわる》く摘《つま》んでいる。いつもならちゃんと箸《はし》を使えとその手を叩《はた》き落としているところだが、如何《いかん》せんこちらにはそんな心の余裕《よゆう》はまったくない。

「へ、へえ」

何食わぬ顔を装《よそお》って、賢吾に倣《なら》って上着を脱《ぬ》ぐ。ついでにネクタイも解《ほど》いたら息苦しさはましになったが、今度は猛烈《もうれつ》に喉《のど》が渇《かわ》いてきた。

「椿《つばき》のやつが礼をしてえって言ってきた時は面倒《めんど》臭《くせ》えなと思ったが、たまにはこういうのも悪くねえな」

東雲組傘下《さんか》の佐野原《さのはら》組の組長である佐野原椿が東雲邸《てい》に滞在《たいざい》していたのは、つい最近の話だ。お陰《かげ》で騒動に巻き込まれて大変だったのだが、数日前、そのお礼だと言ってホテルの宿泊《しゅくはく》チケットを送ってきたのだ。

何故《なぜ》宿泊チケットなのかと思ったら、若頭補佐《ほさ》にして賢吾と佐知の後輩《こうはい》でもある伊勢崎からの入れ知恵《ぢえ》だったらしい。伊勢崎は賢吾の目を盗《ぬす》んで医院にこっそりやってきて、佐知を壁《かべ》に追《つ》い詰めて囁《ささや》き声で言ったのだ。

『若の機嫌《きげん》がすこぶる悪いんです。佐知さんももちろん分かっていますよね？』

普段はどこぞの優良企業《きぎょう》の社長といった風情《ふぜい》の伊勢崎であるが、凄《すご》む姿は立派に極道だ。メガネの奥の瞳がぎらついているのは、寝不足《ねぶそく》のせいかもしれなかった。

『え？　いや、そんなことは……はい』

誤魔化《ごまか》そうとしたら目を眇《すが》められた。佐知が思うより賢吾の機嫌はずっと悪かったのだろう。

心当たりはある。ここのところずっと忙《いそが》しかった。郁《いく》が風邪《かぜ》をひき、京香に移り、幸《ゆき》に移った。それが落ち着いたと思ったら、今度は史がウイルス性の胃腸炎《えん》に……。水を飲んでも吐《は》いてしまう史につきっ切りで、はっきり言って賢吾のことなど忘れていた。

だって考えてみて欲しい。あの可愛《かわい》い史が、『さち……ひとくちだけでいいから、おみずのみたい……ねえ、おねがい？　ひとくちだけでいいの』と泣くのだ。今すぐごくごく飲ませてやりたい。だが、飲めば吐く。佐知は心を鬼《おに》にして、スプーンにひとさじだけの水を史の口に含《ふく》ませることしかできない。そんな史を前にして、賢吾の機嫌など気にしていられないではないか。

『佐知さんの前では恰好《かっこう》をつけているんでしょうが、組員全員が八つ当たりされて本当に迷惑《めいわく》しています。これを機会に若のご機嫌を最大まで回復してください』

最大までと言われても困る、なんて泣き言は言えない雰囲気だった。それどころか、その後も伊勢崎にネチネチといやみを言われ、気がつけば売り言葉に買い言葉で大見得《おおみえ》を切ってしまっていた佐知だ。

『賢吾の機嫌がよくなりすぎて、気持ち悪くなっても知らないからな！』

『上等ですよ。史坊《ぼっ》ちゃんは舞桜《まお》に預けておきますね。怖気づかないでくださいよ？』

あの時の自分を全力で止めたい。伊勢崎のやつ、簡単に言いやがって。

伊勢崎の心はきっと鋼鉄で出来ているに違いない。いつかあの男がほえ面《づら》をかくところが見てみたいと思うが、そんな姿は想像もできなかった。

佐知よりもよほど要領がよく、人あしらいも上手《うま》い。賢吾に振《ふ》り回されて毎日忙しくしていて浮《う》いた話一つ聞いたこともないが、きっと恋愛《れんあい》もスマートにこなしているのだろう。完璧すぎていやみな男だ。いつか天罰《てんばつ》が下って欲しい。

「おい佐知、こっちに来て見てみろよ」

少し離《はな》れたところから賢吾の声が聞こえて顔を上げる。現実逃避《とうひ》をしている間に姿を消していたらしい。佐知は賢吾の姿を探し求めて、きょろきょろと広い部屋を見回した。

「どこだよ？」

「こっち」

声を頼《たよ》りに賢吾の姿を探す。とんでもなく広い部屋を横切ると、ベッドルームの奥の扉《とびら》が開け放たれていて、そこからかたりと物音がした。

「賢吾？」

ひょこりと中を覗《のぞ》いて、佐知は息を呑む。

目の前には別世界が広がっていた。暗がりに差し込む幻想《げんそう》的な光が賢吾の横顔を照らして、睫毛《まつげ》が落とす陰影《いんえい》すら完璧に思える光景。

片手に二人分のグラスを持ち、もう片方の手にはシャンパンを持ってバスタブのヘリに腰掛《こしか》けた賢吾が、佐知の反応に満足した顔でくっと笑う。

「綺麗《きれい》だよな」

賢吾の言葉が指したのは視線の先に広がる景色についてだと分かったが、佐知はどちらも甲《こう》乙《おつ》つけがたいほどに綺麗だと思った。

バスルームの壁面《へきめん》のほとんどを占《し》めている窓ガラスに映るのは、まん丸な月と煌《きら》びやかな光のブロック達。そしてその光に照らされて笑う賢吾の横顔。まるで誰《だれ》かが熱心に細部にまでこだわって描《えが》いた絵画のようだ。

バスルームの照明はつけられていなかったが、ガラスを透過《とうか》した月明かりのお陰で、より現実離れした空間を作り出している。大きなバスタブにはすでに湯が張られていて、そこから立ち上る湯気も含めて全《すべ》てが完璧で……完璧すぎて、言葉を失う。

「佐知……？」

黙《だま》りこくった佐知に気づいた賢吾が、ほんの少しの間だけ不思議そうな顔をして、それからふっと蕩《とろ》けるように笑った。

「……見惚《みほ》れたか？」

「うん。俺の賢吾はものすごく恰好いいなって感動してた」

図星を指されても、照れることすら忘れるぐらい。

「そうだな。お前の俺だな、全部」

手が塞《ふさ》がっている賢吾が両腕《りょううで》を開いたので、素直《すなお》に賢吾の膝《ひざ》に腰掛ける。受け取ったシャンパンは飲み頃《ごろ》を楽しめるようにすでに開栓《かいせん》されていて、グラスを両手に持ち替《か》えた賢吾に急《せ》かされるようにしてグラスに注いだ。

「佐知、何に乾杯《かんぱい》する？」

シャンパンをタイルの上に置き、賢吾からグラスを受け取って、佐知は「うーん」と少しだけ考える。

「……お前との三十年に、かな」

生まれてからほとんどずっと一緒《いっしょ》と言っても決して過言ではない、幼馴染《おさななじ》み同士。仲良く遊んでいたことも、喧嘩《けんか》したこともあったし、大嫌《だいきら》いだと思っていた頃もあった。その全部があって、賢吾は佐知のものになり、佐知も賢吾のものになった。

「じゃあ、三十年、佐知の尻《しり》に敷《し》かれてる俺に乾杯」

ちん、と小さな音を立ててグラスを合わせる。

「三十年も尻に敷いてないだろ」

「今、尻に敷いてる自覚はあるんだよなあ、佐知は」

「うるさい」

雰囲気《ふんいき》を壊《こわ》すなよ、と賢吾を睨《にら》んでからグラスに口をつける。フルーティーな甘味の後をさわやかな酸味が追いかけてくる独特な味わいは、あまりシャンパンのことを知らない佐知の口にもよく合い、喉が渇いていたこともあってこくこくと飲み干してしまった。

アルコール独特の気配が、ぶわりと鼻腔《びこう》を抜《ぬ》けていく。それと同時にくらりとしてしまったのは、過度な量のせいか、それとも目の前でふわりと蕩けた笑顔《えがお》のせいか。

「お、いい飲みっぷりだな」

賢吾の唇《くちびる》がグラスに触《ふ》れ、シャンパンが通っていく喉がこくりと動くのを、佐知はうっとりと見守った。ただそれだけの仕草すら、ものすごく様になる。本当に、腹が立つほど恰好《かっこ》いい。この男の全部が自分のものだと、世界中に自慢《じまん》したいぐらいに。

「だってこれ、すごく美味《おい》しい。もっとちょうだい」

「おう、いくらでも飲――」

シャンパンのボトルを持ち上げようとした賢吾を拒《こば》み、佐知はその代わりに濡《ぬ》れた賢吾の唇を食《は》んだ。すごく美味しそうで、とても我慢できなかった。

「やっぱり、おいしい」

「何だ、もう酔《よ》ったのか……？」

酔ったよ、お前に。そんな恥《は》ずかしい言葉はさすがに言えなかったが、アルコールで少しぼんやりとし始めた頭は、それと引き換《か》えにくすくすと笑いを連れてきた。何だかすごく楽しい。

賢吾が自分を見ている。今、この世界に二人だけになったような気分だ。

「こういうことするの、久しぶりだよな？」

「そうだな」

「寂《さび》しかった？」

問いかけて、ちゅっとキスをする。追いかけてきた賢吾の唇を躱《かわ》し、佐知は賢吾のグラスを取り上げてシャンパンを口に含んで、もう一度口づけた。

「……ふ……っ」

強引《ごういん》な舌に唇を割り拓《ひら》かれ、佐知の口端《こうたん》をシャンパンが伝い落ちていく。

「ん、ん……ぅ」

グラスを持ったまま、賢吾の首に腕を巻きつけてキスを貪《むさぼ》る。キスの最中、褒《ほ》めるように髪《かみ》を撫《な》でる賢吾の指が好きだ。

「佐知、おい……待てって、ぶ……っ！」

賢吾を押し倒《たお》す形で、浴槽《よくそう》に飛び込む。広い浴槽は賢吾と佐知を難なく受け入れ、ぱしゃんと水面が泡立《あわだ》った。

「無茶《むちゃ》すんなよ、危ねえだろうが」

賢吾の手が、佐知からグラスを奪《うば》う。賢吾の言う『危ない』の主語が、自分のことではなく佐知のことであると、態度で分かった。いつだって自分のことより佐知のことを心配する。もうそれが賢吾の中に根付いてしまっていると分かってはいるが、時々歯がゆくなる。

賢吾は佐知を大事にしすぎる。そうしなければいなくなってしまうとでもいうように。

もう今更《いまさら》、賢吾に何をされたって嫌いになんかならないのに。賢吾は相変わらずそれをちっとも分かっていない。いや、もしかしたらもう無意識に佐知を疑うクセがついているのかも。それはそれでムカつく。

「あはは、びしょ濡れだ」

濡れて鬱陶《うっとう》しい髪を掻《か》き上げて笑う。賢吾の髪もびしゃびしゃで、佐知の仕草を真似《まね》して賢吾も髪を掻き上げた。

「この酔っぱらいが。よっぽど啼《な》かされたいらしいな」

「泣かないもーん」

佐知の手が、濡れて張りついたYシャツのボタンを外す。賢吾の手が佐知のベルトのバックルを外して、スラックスの前を寛《くつろ》げた。

「舐《な》めて？」

佐知は立ち上がり、すでに主張を始めている性器を賢吾に向かって突《つ》き出す。賢吾はくくっと笑ってから、佐知のスラックスを下着ごと一気に下ろし、ぺろりとそこを舌で舐めた。

「お前は本当に酒に弱いな。だが、そういうお前も可愛《かわい》いぞ」

「いいから早くし……ん、ぁ……っ」

見下ろす佐知の視線の先で、性器が賢吾の口内に飲み込まれていく。それだけで腰が蕩けそうになって、賢吾が凭《もた》れている浴槽のヘリに両手をつき、佐知はくっと顎《あご》を仰《の》け反らせた。

「ちゃんと我慢してたんだな。カウパーが濃《こ》いぞ」

「そ、そういうこと言うな、あ、あ、吸っちゃ、駄目《だめ》……っ」

賢吾の両手が佐知の尻を掴《つか》む。腰を引けなくされてしまって、佐知は唇を噛《か》みしめて射精感を堪《こら》えた。いくら久しぶりだとは言っても、こんなにあっけなく達するのは嫌《いや》だ。

一人でするのは浮気《うわき》だぞ、と冗談《じょうだん》めかして言われているので、賢吾とこういう関係になってからはほとんど一人でしたことがない。それぐらい賢吾はちゃんと分かっているくせに、セックスの時にだけこういう意地悪を言う。この場だけだと分かっているから、佐知は照れずに言い返した。

「お前、だって……ん、ん……っ、一緒の、くせに……っ、あ、ばかっ」

ちゅうっと吸いあげられ、尻にぎゅっと力が入る。前で感じるだけでは物足りなくなってしまった、佐知の体。奥がないものを強請《ねだ》ってひくひくと蠢《うごめ》いて賢吾の指を誘《さそ》う。

「俺のは、全部お前の中に出すって決めてるからな。上の口と下の口、どっちがいいんだ？」

「げ、下品……っ、あ、あ、奥、あ、おく……っ」

じゅぷりと性器を口に含《ふく》んだ賢吾が、人差し指をにゅぷりと奥に押し込んでくる。待ち望んだ感触《かんしょく》に体が歓喜《かんき》して、ひゅく、と賢吾の口内に白濁《はくだく》が漏《も》れたのが分かった。

「待て、賢吾……っ、あ、あ、まって……あっ、ひ、ぁ……っ」

奥をぐりぐりと刺激《しげき》されて、そのたびに腰《こし》がかくかくと揺《ゆ》れる。結果的に賢吾の口内に自ら性器を出し入れすることになってしまい、その背徳感に震《ふる》えた。

「賢吾、もう……無理ぃ……っ」

一人で達《い》きたくないと訴《うった》えると、心得た賢吾が水音と共に自ら前を寛げ、勃起《ぼっき》したそこへ佐知の尻を誘導《ゆうどう》する。

「自分で腰を下ろせ」

乳首《ちくび》をぺろりと舐めて促《うなが》され、佐知は賢吾の肩《かた》に手を置き、ちゃぷりと波を立てながらゆっくり体を落としていく。亀頭《きとう》を呑《の》み込む瞬間《しゅんかん》、「ああ……」とうっとりした吐息《といき》が零《こぼ》れてしまった。こんな体じゃなかったはずなのに、今ではこの先を期待して勝手に背が震える。

「よくできたな」

頭を撫でて褒める代わりに、賢吾の舌がじゅるりと佐知の尖《とが》り切った乳首を嬲《なぶ》った。それだけできゅんと奥が締《し》まって、中にいる賢吾のそれのカタチを恥ずかしいぐらいに感じる。

「賢吾、あ、好き……っ、あっ」

少しだけ見下ろす位置にいる賢吾は、髪から水を滴《したた》らせていても見惚《みほ》れるほど恰好いい。濡れて張りついたシャツに手を這《は》わせ、ボタンを外して逞《たくま》しい胸に直《じか》に触《さわ》った。賢吾の乳首に触れると、ほんの少しだけ中のものがひくんと動く。

佐知だけがいつもここを触られて悶《もだ》えてしまっていると思っていたが、賢吾だって少しはここが気持ちいいのだと、最近知った。

いつだって恰好いい賢吾を乱してやりたい。佐知に翻弄《ほんろう》される賢吾が見たかった。

「佐知、意地悪するなよ」

首筋に賢吾の唇が触れ、甘えるように顎先までキスが繰《く》り返される。腰を支えていた手が尻を掴んで、焦《じ》れったそうに腰を揺すられた。

「あ、ぁ……っ」

小さな快楽が呼び水になり、佐知も腰を揺らし始める。乳首に吸いつかれ、佐知も賢吾の乳首を指で弄《いじ》りながら、ちゃぷちゃぷと水音を立てて快楽に没頭《ぼっとう》した。

「ひ、あ、あ、いく、いっちゃう、待って……っ」

まだ達きたくない。もっと賢吾の快楽に溺《おぼ》れた顔が見たい。佐知は片手で自らの性器の根元を掴み、もう片方の手で賢吾の顔を無理やりに上げさせてキスをした。

弾《はず》んでしまいそうな腰を堪えながら、賢吾の舌を食む。快楽に濡れている時の賢吾の目は、いつもより少し潤《うる》んでいるように見えて、佐知はその目がとても好きだ。

「お前は、本当に綺麗《きれい》だな」

唇《くちびる》が離《はな》れた途端《とたん》にそう言って、賢吾の唇がまた唇を追いかけてきた。嚙みつくようにくちづけられ、下から揺すぶられる。

「あ、あ、やだっ、まだ……っ、あ、ア……ッ！」

必死で根元を押さえていたのに、その甲斐《かい》もなくどくりと蜜《みつ》が溢《あふ》れ出る。ひくひくと腰を揺らして余韻《よいん》に浸《ひた》りかけたが、ざばりと音を立てて、賢吾が佐知ごと立ち上がった。

「一度だけじゃないだろ……？　まだまだここからだ」

ガラスに両手をつかされ、立ったまま後ろから貫《つらぬ》かれる。

「あぁ……まだ、だめ……っ、まだ、きもちい……っ」

「気持ちいいから、もっと気持ちよくするんだろ？　佐知、ほら見てみろ。綺麗な景色だ」

ガラスの向こうを見てみろと促され、煌《きら》びやかなブロック達に視線を向ける。確かに綺麗ではあったが、今は自分を貫く快感のことしか考えられないと思った。

背後から覆《おお》いかぶさった賢吾が、佐知の耳朶《じだ》を食《は》んで優《やさ》しく囁《ささや》く。

「あの光のどこかから、見られてるかもしれねえな？」

「……っ」

繋《つな》がった部分が、隠《かく》しようもなく興奮を伝えてしまう。こんなの嫌なのに。嫌がらなきゃい

けないのに。

「い、いや……っ、あ、あっ、いや……ぁっ」

「佐知、腰が動いてるぞ……？　突いて欲しいんだろ？」

「やだっ、あ、あ、やだぁ……っ」

「セックスの時は、どうするんだった……？」

悪魔《あくま》がそう囁いてくる。

セックスの時は、嘘《うそ》を吐《つ》かない。それは賢吾と佐知の約束事だった。

「本当に、やめて欲しいのか……？」

奥まで貫いていた賢吾のそれが、ゆっくりと引き抜《ぬ》かれていく。肩に噛みつかれたのと、佐知が「突いて……」と白状したのは、ほとんど同時だった。

ぐっと賢吾が奥へと戻《もど》ってくる。震えるほどに善くて、佐知はガラスに爪《つめ》を立てながら奥に力を込めた。逃《に》がしたくない、この快楽を。

「もっと……っ、あ、あっ、いいっ、きもち、い……っ」

強く腰を突き入れられ、その快感と一緒《いっしょ》に性器を擦《こす》られる。揺さぶられるたびに、きらきらとした光が視界に入った。どうしよう、誰《だれ》かに見られていたら。今こんな風にいやらしいことをしている佐知を、全部見られてしまっていたら。

「ああっ、あ……っ、きもちいいっ、あ、いい……っ！」

想像だけで興奮して奥が締まる。さっきとは桁違《けたちが》いの快感。この感覚を、佐知は知っている。

「あ、あ、だめっ、今、だめ……っ！　きもちい、あ、けんご、でちゃう、あ、あ……っ！」

嫌だと首を振《ふ》っても許されず、賢吾に与《あた》えられる快楽はどんどん大きくなった。

目の前がちかちかする。それがガラスの向こうの夜景なのか、それとも別の何かなのか、分からないけどとにかく気持ちいい。もうそれしか考えられない。

「……っ！」

賢吾が息を詰《つ》める気配とほとんど同時に、奥にぴしゃりと吐《は》き出される感触。それに押し出されるようにして佐知の性器から飛んだ粘《ねば》り気のない飛沫《ひまつ》が、湯気と熱気で曇《くも》ったガラスに雫《しずく》を垂らせた。

「……っ、ぁ……」

頽《くずお》れそうになる体を、賢吾の腕《うで》が引き寄せる。逞しい胸に凭れかかり、賢吾に促されるまま湯に戻った。

「大丈夫《だいじょうぶ》か？」

「は、は……確信犯の、くせに……」

賢吾の胸に体を預けて、上がってしまった息を整えながら何とかそれだけ言葉にする。

「お前が、でちゃう、なんて言うから興奮しちまったんだよ。悪《わり》ぃな」

機嫌《きげん》よさそうにそう言って、賢吾の唇が佐知の肩に触《ふ》れた。それだけでびくりと体が震え、ちゃぷっと波音が立ってしまう。さすがにこれ以上は駄目《だめ》だ。今もしもっと気持ちよくされたら、体がおかしくなりそうな気がする。

「もう、無理だって、ば……」

「分かってるって。余韻を楽しんでるだけだ」

賢吾は本当にそれ以上する気はなさそうで、佐知はほっとして体から力を抜いた。

「髪《かみ》を洗ってやろうか？」

「うん、洗って」

二人きりの今、賢吾に対して張る意地などなくて、すんなり頷《うなず》いた佐知を賢吾が笑う。

「こういう時ばっかり、素直《すなお》なんだよなあ、お前は」

「こういう時だから、素直なんだろ？」

振り返ってちゅっとキスをすると、賢吾はおまけみたいに頬《ほお》にキスをくれた。いつの間にか、お互《たが》いにこういう仕草が自然にできるようになった。最初の頃《ころ》はキス一つにさえ緊張《きんちょう》していたことを思えば、劇的な変化である。

「可愛《かわい》いことばっか言ってると、また食っちまうぞ？」

「休憩《きゅうけい》させてくれたら、食べてくれてもいいんだけど」

「休憩ってどんぐらいだよ？」

「俺がいいよって言うまで」

「お前それ、俺に待てをさせたいだけなんじゃねえの？」

「違うって。ほんとに今は無理なんだってば。体に力が入んないもん」

まだ腰《こし》がびりびりとして、痺《しび》れたみたいに動けない。手を上げるのだって億劫《おっくう》だ。

「お風呂《ふろ》から上がって、シャンパン飲みながらごろごろして、それからなら元気になってるかもなあ」

「嘘吐け。俺は騙《だま》されねえぞ。お前のそれは寝《ね》るパターンだろ」

「ほんとに今日は大丈夫だって」

賢吾はちょっと誤解している。いつもいつだって、賢吾だけがしたい訳ではないのだ。佐知だってしたい。こんな久しぶりの夜は特に。

「俺だって、まだお腹《なか》ぺこぺこなんだよ。こんなんじゃ全然足りない」

浴槽《よくそう》のヘリに乗せられていた賢吾の腕に手を伸《の》ばし、するりと撫《な》でてから手に手を重ねる。指を絡《から》めて引き寄せ、賢吾の指を口に含《ふく》んで、わざとらしくじゅぷりと音をさせた。

「満足させてくれるだろ……？」

口に含ませた指に力が籠《こも》って、そのまま顔を上げさせられる。

「もういらないって泣くぐらい、腹いっぱいにしてやる」

それはちょっと勘弁《かんべん》して欲しい。そんな風に思いながらもぞくりとしてしまうから、体は正直だ。

「朝飯、ほんとに食ってかなくていいのか？」

たまには二人で散歩でもしながら帰ろうと、のんびりと歩くホテルからの帰り道。佐知のお腹がぐうと鳴ったのを耳聡《みみざと》く聞きつけた賢吾が、自分の腹を摩《さす》りながら言った。

「いいのいいの。帰ってから、お前にお茶漬《ちゃづ》けでも作ってもらうから」

「俺が作るのかよ」

すっかり寝坊《ねぼう》してしまった二人は、チェックアウトぎりぎりに何とか部屋を出たのだ。それもこれも、賢吾が散々好き勝手してくれたからだ。それぐらい強請《ねだ》っても罰《ばち》は当たるまい。好きにしていいとは言ったけれども、物事には限度というものがある。多分に煽《あお》った自覚があるから、責任はフィフティフィフティなのかもしれないが、体への負担を考えると、やっぱりほんのちょっとだけ賢吾のほうが悪い気がした。

「ホテルはすっごく居心地《いごこち》がよかったんだけどさ、やっぱり家が一番落ち着くんだよな」

美味《おい》しい食事と最高のセックス。二人きりの空間は確かに幸せなものだった。だけどやはり、賑《にぎ》やかなあの家が恋《こい》しい。

「……そうか。しょうがねえから、帰ったら朝飯作ってやるよ」

「よし、そうと決まったら早く帰ろう」

今日は休日で、そろそろ史も東雲邸《てい》に戻ってきている頃のはずだ。そう思ったら気持ちが急《せ》いてきて、たたっと数歩早足で進み、佐知は賢吾を急かそうと振り返った。

「ほら、早くしろって！」

「おう」

何気なく振り返った佐知は、視線の先に広がった光景に息を呑《の》む。賢吾がくしゃりと破顔したのだ。本当に幸せそうな表情で。

朝日に照らされた賢吾は、驚《おどろ》くほど綺麗《きれい》だった。この光景を言葉にできない自分のボキャブラリーの貧困さが憎《にく》らしくなってしまうほど。忘れたくない。今この瞬間《しゅんかん》の感動を一緒に残せるカメラがあればいいのに、と思う。

賢吾との間に、こんなに穏《おだ》やかで幸せな時間が流れる日が来るなんて思っていなかった。これまでの人生の大半、賢吾とは喧嘩《けんか》ばかりしていたのだ。賢吾の顔を見た途端《とたん》に顔を顰《しか》めていた頃もあるし、一方的に無視して口を利《き》かないことだってあった。それが今は、お互いが視界に入ると自然に笑顔《えがお》になる。本当に人生というのは不思議だ。

最近、賢吾にはっとさせられる瞬間が増えた。好きという気持ちには際限というものがなくて、子供の頃からずっと一緒のはずなのに、初めて見たような感動を覚えることがある。嫌《きら》いになりようがない。とっくに賢吾に恋をしているはずなのに、日々好きになりすぎて怖《こわ》いぐらいだ。

その時々、何度も選択《せんたく》の場面はあって、その分岐《ぶんき》の先に今がある。それはどんなに途方もなく低い確率なのだろう。

賢吾が自分を好きになってくれて。佐知も賢吾を好きになって。お互いの気持ちが交わって。お互いの人生を背負い合って。

ああ、愛《いと》おしい。

胸がぎゅっと苦しくなるほど、賢吾のことが好きだ。賢吾の目もそうだと言っている。言葉にしなくても、互いの目を見るだけで感情が共有できた。

……だが、幸せというものは、油断するとほんの一瞬で、驚くほどあっけなく壊《こわ》れてしまうものだ。永遠などこの世にはないことを、佐知に知らしめるかのように。

異変は唐突《とうとつ》だった。

キキキキー!!

平穏《へいおん》な日常を破った耳障《みみざわ》りな音と一緒《いっしょ》に、突然車が歩道に向かって突《つ》っ込んでくる。

「佐知……っ!!」

次に佐知の目に映ったのは、見たこともないぐらいに必死な形相でこちらに向かって手を伸ばす賢吾の姿。

「けん――ぐ……っ!」

賢吾の手が自分を突き飛ばす。賢吾の背後に迫《せま》る車が、まるでスローモーションのように見えた。賢吾を引き寄せようととっさに手を伸ばしたが、突き飛ばされた体は賢吾から遠ざかっていくばかりで。

「賢吾——っ!!」

どさっと佐知の体が地面に落ちるのとほぼ同時に、ごとん！　と嫌《いや》な音がした。すぐに車がバックを始めると、車の陰《かげ》から地面に横たわる賢吾の体が姿を現す。

それが目に入った瞬間、すぐそばを歩いていた人達の叫《さけ》び声とどよめきが一瞬で遠のいた。

「賢吾っ!?　賢吾……っ！」

四つん這《ば》いのまま、慌《あわ》てふためいて賢吾のもとへと駆《か》けつける。賢吾は頭から血を流してぐったりとしていた。佐知の声に反応しない。目も開けない。そのことに恐慌《きょうこう》状態になりながらも、必死に呼吸を確認《かくにん》しようとする。

嫌だ、賢吾、嫌だ……！

ボディバッグからハンドタオルを取り出し、邪魔《じゃま》な上着を脱《ぬ》ぎ捨て、血を流している賢吾の頭部にハンドタオルを押しつける。

そうしている間に、賢吾を轢《ひ》いた車はＵターンをして姿を消した。それはあっという間の出来事で、周囲のざわつきが大きくなる。一体何が起こったのか。誰《だれ》かにこれは夢だと言って欲しかった。

「くそっ！　何だよ！　何でこんな……っ！」

たった今、幸せそうに笑っていたはずの顔に、今は何の感情も浮《う》かんでいない。そのことがひどく怖かった。

片手でタオルを押さえ、もう片方の手で何とかスマホを取り出す。今はとにかく賢吾を助けなければ。

救急車を要請《ようせい》する声が、無様に震《ふる》えていた。ハンズフリーにしてスマホを地面に置き、何とか場所を説明しながら気道を確保する。絶対に助ける。死なせたりしない。絶対大丈夫《だいじょうぶ》、絶対……。

「くそっ！」

俺は医者だろ、しっかりしろ！

そう自分を叱咤《しった》しながら、今自分にできることをしようとするが、油断すれば涙《なみだ》が出てしまいそうだった。

しばらくして、救急車が現場に到着《とうちゃく》する。サイレンの音が聞こえた時は心底ほっとした。

「一緒に乗ってください！」

救急隊員に促《うなが》されて救急車に乗り込み、ストレッチャーに乗せられた賢吾の手を握《にぎ》る。その手が握り返してこないことが不安で、佐知は心の中で何度も大丈夫と唱えた。

大丈夫……賢吾が俺を置いて死んだりするはずがない。大丈夫……、こんなのはきっと夢だ。目覚めたらきっと、いつもみたいに賢吾が笑ってくれる。大丈夫、大丈夫。

サイレンの音と共に、救急車が病院に向かって走り出す。大きく揺《ゆ》れる車内で、賢吾が落ちないように体を押さえながら、夢なら早く覚めてくれと祈《いの》った。

「もうすぐ着きます！」

救急車が搬入《はんにゅう》口に着くなり、ストレッチャーに乗せられている賢吾と共に救急車から飛び降りる。一刻も早く、賢吾の血を止めなければ。もう佐知の頭はそのことでいっぱいで、駆け寄ってきた医師に前置きなく捲《まく》し立てた。

「自動車との接触《せっしょく》事故による頭部外傷です！　あ、圧迫《あっぱく》止血を試みましたがまだ出血が――」

「雨宮⁉」

名前を呼ばれて、目の前にいる医師が知り合いであることにようやく気づく。

「た、しろ……？」

驚いた顔をこちらに向けていたのは、京都での同窓会で会ったばかりの同級生だった。あの時は笑顔だった同級生の顔が、賢吾を見て硬《かた》く引き攣《つ》る。こんな再会をすることになるなんて、考えもしなかった。

「こっちは東雲さんか⁉　くっそ、マジかよ……っ！　後はこっちでやるから、お前はとりあえずシャワーを浴びて着《き》替《が》えてこい！　お前も医療《いりょう》従事者なら、そのまま院内をうろつかせられないことぐらい分かるよな⁉」

「あ……」

田代《たしろ》の視線に釣《つ》られて自分の体を見る。血だらけの両手。白いシャツも、賢吾の血で赤く染まっていた。

ずっと夢の中を浮遊《ふゆう》しているみたいだった佐知に、一気に現実感が押し寄せてくる。これは現実だ。逃《に》げ場などない。今目の前の賢吾を助けられなければ、それで終わり。

ぞっとして手が震える。そんなことになったら、どうしたらいいのか。

「でも……賢吾が、賢吾が……っ」

早く血を止めないと。賢吾の体からこれ以上何かが失われてしまわないように。絶対に、絶対に助かってくれなければならないのだ。

看護師達に連れられていく賢吾に追いすがろうとすると、腕《うで》を取った田代にその場に引き留められた。

「東雲さんのことは俺に任せろ。お前は、東雲さんの家族に連絡《れんらく》して、これからのためにできることをするんだ。聞こえてるか、雨宮!」

「……っ!」

田代に頬《ほお》を引っ叩《ぱた》かれる。ぐっとせり出しそうになった叫びはただの恐怖《きょうふ》から来る言葉にならない咆哮《ほうこう》で、唇《くちびる》を噛《か》みしめてぐっと堪《こら》え、佐知はただただ頷《うなず》いた。

「田代先生!」

「今行く!」

看護師に名を呼ばれた田代が、佐知に背を向けて走り去っていく。がくりと膝《ひざ》を落とし、それを見送りながら、佐知は呆然《ぼうぜん》とした顔で呟《つぶや》いた。

「賢吾……」

幸せそうな顔で、『帰ったら朝飯作ってやるよ』って、そう言ったじゃないか。

たった数十分前の出来事だ。頬にだってまだ、あの時の賢吾の感触《かんしょく》を感じるのに。

……まるで、悪夢を見ているみたいだ。

佐知が震える声で電話をすると、京香と吾郎はすぐに病院に駆けつけてくれた。史に何も伝えずにいつも通り保育園に行ってもらうことにしたのは、佐知が冷静に伝えられる気がしなかったからだ。それに、絶対に助かると信じていたい気持ちもあった。

「大丈夫だよ、佐知。あの子があんたを置いて死ぬ訳がないよ」

手術室の前にある長椅子《ながいす》に並んで腰《こし》を掛《か》け、京香が佐知の肩《かた》を抱《だ》いた。反対側には吾郎が座り、佐知の膝をぽんぽんと叩《たた》いてくれる。少し離《はな》れた場所には伊勢崎の姿があって、一緒に駆けつけた組員達に何やら指示を出していた。

「……っ」

佐知は頷くだけが精一杯《せいいっぱい》で、手術中を知らせるランプをじっと見つめて唇を嚙みしめる。

さっきまで両手を濡《ぬ》らしていた血は洗い流したはずなのに、今もまだあの賢吾から流れ出た温《ぬく》もりが忘れられない。

大学病院に勤めていた時はあんなの日常茶《さ》飯事《はんじ》だった。それなのに、手に触《ふ》れる温もりが賢吾のものだと思うだけで発狂《はっきょう》してしまいそうで。医者も一人の人間であるということを、まざまざと思い知った。

「あの馬鹿《ばか》……俺を庇《かば》ったりするから……」

賢吾だけなら、ちゃんと避《よ》けられていたはずなのに。

突《つ》き飛ばされた時、賢吾と目が合った。あんな時なのに、佐知を安心させるためなのか、賢吾はほんの一瞬《いっしゅん》、笑ったように見えたのだ。それが余計に佐知を苦しめる。

あんなのが最後だなんて嫌だ。馬鹿賢吾、何で俺を庇ったりしたんだ。

「何を言っておる。佐知をちゃんと守ったのだから、褒《ほ》めてやらねばならん」

「そうだよ？　傷一つつけずに守るなんて、我が息子《むすこ》ながらよくやったじゃないか。褒めてやっておくれよ」

「……っ」

京香も吾郎も、本気で佐知が無事でよかったと思ってくれている。我が子が危険な状態の今、不安がないはずはないのに、それでも佐知のことを慮《おもんぱか》ってくれる二人に、申し訳なさでいっぱいになった。

「吾郎さん、京香さん……っ」

ありがとうございますという言葉は、声にならなかった。それでも二人は、それぞれ佐知の肩をぽんぽんと叩いてくれた。分かっているよ、とでも言うように。

しばらくして、手術中を知らせるランプが消える。

「……っ!!」

三人が慌《あわ》てて立ち上がると、手術室の扉《とびら》が開いて田代が姿を現した。険しい顔をした田代に駆《か》け寄ると、佐知が口を開く前に田代が話し始める。

「ほんと、頑丈《がんじょう》な男だよな。鎖骨《さこつ》に関してはヒビで済んでるし、折れた肋骨《ろっこつ》がもうちょっとで肺に刺《さ》さるところだったけど、それも上手《うま》くすり抜《ぬ》けてたし。頭部の陥没《かんぼつ》骨折が心配だったけど、それも思ったよりはひどくなかった。出血が最小限で済んでたのは、お前のお陰《かげ》だな、雨宮」

「大丈夫なんだよな？　大丈夫だって言ってくれ！」

田代の両肩を摑《つか》んで揺さぶると、優《やさ》しく肩を摑み返された。

「こちらができる処置は全《すべ》てやった。早ければ、数時間で麻酔《ますい》が切れて目を覚ますと思う。ただ、お前も分かってるとは思うけど、脳へのダメージは蓋《ふた》を開けてみないと分からない部分もあるから、大丈夫だ、とは言い切れ……雨宮!?」

がくりと膝をつきそうになった佐知の体を、田代が慌てて支える。

「あ……ごめん、ちょっとほっとして」

　まだ予断を許さないのは分かっているが、とりあえず一つ目の山を越《こ》えた。賢吾は目を覚ます。そのことにどれほど佐知がほっとしたか。

「ありがとう……ありがとう、田代……っ」

「やめてくれよ。礼を言われるのはまだ早い」

　田代は佐知の体をひょいと持ち上げて立たせ、ぽんと肩を叩いて笑ってから立ち去る。その背中を見送りながら、佐知は抱きついてきた京香を受け止めた。

「ああ、よかった……！　あの馬鹿息子、心配ばっかりかけて！」

　それに吾郎が続き、佐知と京香を優しく抱きしめる。

「ほっとしたら腹が減ったな。あやつが目を覚ます前に、まずは腹ごしらえといこうか」

　吾郎はそう言って笑ったが、語尾《ごび》の震《ふる》えが隠《かく》せていなかった。

　しんとしてしまった廊下《ろうか》に、伊勢崎の呟きが響《ひび》く。

「さすが、悪運が強い」

　悪態というにはほっとしすぎているその声に、佐知は思わず小さく笑った。……笑えたことが嬉《うれ》しかった。

田代が言った通り、賢吾は数時間後に目を覚ました。だが麻酔が完全に切れていないのか、しばらくはぼうっとしている様子で、目を覚まして喜んでいる人達を眺《なが》めているだけだった。それでも、賢吾が生きているという事実に、佐知は胸をほっと撫《な》で下ろした……のだが。

異変が起きたのは、賢吾の麻酔が完全に覚めた数時間後のことだ。賢吾を心配してやってきた組員達が帰った後で、病室には佐知と伊勢崎と、警護担当の組員だけが残っていた。

「――という訳で、しばらくここで入院できることになりました」

　金にものを言わせて、というと言葉が悪いが、特別室を使わせてもらうことになった。

　極道《ごくどう》はどこに行っても歓迎《かんげい》されないものだが、とにかくある程度の治療《ちりょう》が済むまではここにいる必要がある。脳は佐知の専門ではない。雨宮医院には最新の検査装置もない。無理をして連れて帰って、もしものことがあっては困るのだ。

「そっか。史は大丈夫か？」

「はい。怪我《けが》をして手術をするとしか伝えていませんでしたので。ただ、やはり寂《さみ》しがってはいたので、舞桜と碧斗《あおと》にまた預けてきました」

「ああ、ありがとう。今日からはとりあえず俺も家に帰るから、帰る時に史を迎《むか》えに行くよ」

「そうしてください」

　伊勢崎が持ってきてくれた洗面道具などを棚《たな》に片付けながら会話をしていると、賢吾が急に「伊勢崎」と声を出した。一日声を聞かないなんて以前はよくあったことなのに、今はその掠《かす》れた声が聞こえたことに心底ほっとした。第一声が伊勢崎かよという不満は別として。

「ようやく麻酔が切れたようですね、若。ご自分の状況《じょうきょう》が理解できていますか？」

佐知と伊勢崎の視線が同時に賢吾に向き、ぎょっとする。

「こら、賢吾！　まだ安静にしてなくちゃ駄目《だめ》なんだぞ！」

「若、肋骨が折れていますから」

体を起こそうとする賢吾に、佐知が慌てて覆《おお》いかぶさって止めた。顔を顰《しか》めているから痛みはあるだろうに、すぐ無茶《むちゃ》をしようとするのだから困る。

「目が覚めるなり、俺の前でいちゃつくのはやめてくださいね」

「な、何言ってんだよ、伊勢崎！」

こんな軽口が叩けるのも、賢吾が目を覚ましてくれたからだ。佐知は顔を真っ赤にしながら、そのことに感謝する。賢吾の手が佐知の肩を掴んで、そのまま引き寄せ——

「てめえ、誰《だれ》だ」

いつものように抱きしめられると思ったのに、佐知の肩を押し退《の》けた賢吾は不機嫌《ふきげん》そうな顔でそう言った。別に抱きしめられたかった訳ではないが、賢吾のその態度に佐知もさすがにむっとする。

「はいはい、記憶喪失《きおくそうしつ》ね。やめろよそういうベタなやつ。全然面白《おもしろ》くないから」

こっちは本当に心配したのに、そんなことも知らないでいい気なものだ。

佐知は濡らしておいたタオルを取って、賢吾の顔にぱふんと押しつけ、そのまま背を向けて棚の整理に戻《もど》ろうとした。

「くだらないことを言ってる暇《ひま》があったら、とっととそれで顔を拭《ふ》いて――」

がしっと腕《うで》を摑まれた佐知は、その力の強さに顔を顰める。

「何だよ、痛いだ――」

「誤魔化《ごまか》すんじゃねえぞ。誰だって聞いてるだろうが」

「お前、ほんとに――」

いい加減にしろよと怒鳴《どな》りかけた佐知は、振《ふ》り返ってぞっとする。目が合った瞬間、賢吾が冗談《じょうだん》を言っている訳ではないと気づいてしまったからだ。

「若、その冗談は笑えませんよ？」

伊勢崎の手が佐知の腕を取り返し、さりげなく背後に庇う。だがその間も、佐知は賢吾から視線を逸《そ》らさなかった。いや、逸らせなかったと言うべきかもしれない。

得体の知れないものを見るような賢吾の視線は、佐知が生まれて初めて向けられたものだった。その時佐知の脳内に様々な感情がぶわりと一瞬湧《わ》き、水滴《すいてき》を受け止めた水面がすぐに平静を取り戻すようにすぐに消える。

「知らねえもんを知らねえって言ってるだけだろうが」

「……あなたのお名前は？」

伊勢崎の質問が癇《かん》に障《さわ》ったらしい。賢吾は今にも射殺しそうな目で伊勢崎を睨《にら》みつけた。

「くだらねえ冗談に付き合う気分じゃねえんだよ。それよりこいつの存在も含《ふく》めて、とっとと状況を報告しろ。魚の餌《えさ》にされたくなかったらな」

怒鳴りつけはしなかったものの、低く唸《うな》るような声は賢吾が機嫌を著《いちじる》しく損《そこ》ねている証拠《しょうこ》だ。ここまで機嫌の悪い賢吾は、佐知も滅多《めった》にお目にかかったことがない。

「交通事故に遭《あ》ったことは覚えていますか？」

「交通事故？　なるほどな、それでこのザマか。どこの組の仕業《しわざ》だ。さっさととっ捕《つか》まえて礼をしてやらねえとな」

「相手はまだ調査中です。……ご自分が佐知さんを庇《かば》ったのも覚えていらっしゃらないんですか？」

「さちってのはこいつのことか？　何で俺がこんな見ず知らずのやつを庇わなきゃいけねえんだ。あり得ねえだろ」

賢吾の目がこちらを向くとどきりとする。それは今まで賢吾の視線に感じていたどきりとは別のものだ。知らないものを観察する目。視線が合ってもあの目は優しく撓《たわ》むことなく、警戒《けいかい》心《しん》を隠しもしない。

佐知のことを見ず知らずのやつと言った。佐知の知っている賢吾なら、冗談でも絶対に言わない台詞《せりふ》だった。

「大体何でこんなに馴《な》れ馴れしく——」

「東雲さん、お加減どうですかー？」

　賢吾の言葉を遮《さえぎ》るタイミングでがらりと扉《とびら》がスライドし、担当医の田代が病室に入ってきた。途端《とたん》に賢吾に「ノックぐらいしやがれ」と凄《すご》まれ、田代は「す、すみません！」と慌《あわ》てて頭を下げる。

「何か、やたら機嫌悪くない？　頭にハゲを作ったのがもうバレたのか？」

　こそっと話しかけてくる田代に曖昧《あいまい》な笑《え》みを返す。何と答えていいのか分からない。佐知自身、状況を摑《つか》みかねていた。

「おい、用があるならとっとと話せ」

　賢吾に声をかけられ、田代は可哀想《かわいそう》なぐらいに体を跳《は》ねさせる。賢吾と田代は学部が違《ちが》うが、以前からの知り合いらしい。佐知がそれを知ったのは京都での同窓会だったが、その時も田代は賢吾との電話で今のような反応を見せていた。

「ま、麻酔《ますい》が切れたようですね。このボールペンを視線で追ってみてくれますか？」

　田代は白衣の胸ポケットに差していたボールペンを賢吾の顔の前にかざし、上下左右に動かしながら賢吾の視線を確認《かくにん》する。眉間《みけん》に皺《しわ》を寄せながらではあるものの、賢吾が素直《すなお》に応じているのを見ながら、佐知は今さっき賢吾に言われたばかりの言葉を考える。

『てめえ、誰だ』

冗談であればいい。そう思うが、悲しいことに、幼い頃《ころ》からずっと一緒《いっしょ》だった幼馴染《おさななじ》みのカンが、その希望的観測を打ち消す。

今の賢吾は佐知を見ない。

同じ空間にいる時は、たとえ目が合っていなくても、いつでも賢吾が自分を気にしてくれているのを感じていた。佐知の知っている賢吾なら、今こうして自分が診察《しんさつ》を受けている間、大《だい》丈夫《じょうぶ》だから心配するなと言う代わりに、手ぐらいは握《にぎ》っていてくれたに違いない。

そうしていつも佐知は賢吾の愛を感じていたが、今の賢吾にはそういうものが微塵《みじん》も感じられなかった。

「強く体を打ちつけているので全身が痛むとは思いますけど、特に痛みを感じる場所とかありますか？」

田代の声に、はっと我《われ》に返る。色々と考えるのは後だ。

「…………」

賢吾は田代の質問に答えなかったが、肩《かた》に手を置かれた途端「痛《いて》えだろうがっ！」と烈火《れっか》のごとく怒《いか》りを見せる。次の瞬間《しゅんかん》には、ほとんど反射的に佐知の手が賢吾の腕をぱしりと叩いていた。

「治してもらう立場で偉《えら》そうに言うな。田代がいなかったら、お前は今頃墓の中だったかもしれないんだぞ」

「何を気安く人のことを叩いてくれてんだ。てめえ、殺されてえのか」

もちろん怪我《けが》に障らない程度に軽く叩いたつもりだったが、賢吾の眉間にはぎゅっと皺が寄る。今まで一度も自分に見せたことのない顔で凄む賢吾に、佐知はふんと鼻を鳴らした。

「自分が痛いからって人に八つ当たりするなんてみっともない。田代はお前の命を助けてくれたんだ。やくざだったら仁義を通せ」

やたらと周囲を威嚇《いかく》するなんて賢吾らしくもない。普段《ふだん》の賢吾との違いに違和感《いわかん》を持ちながらも、佐知はいつも通りに振る舞《ま》う。

賢吾は自分がやくざと言われたことに対しては特に反応を見せなかった。もしかしたら記憶喪失だなんてやっぱり冗談だったのかも、と思いたかったが、自分に向けられる視線は相変わらず冷たい。

「おい伊勢崎、説明しろ。このくそ生意気な野郎《やろう》は何だ」

賢吾の言葉に、田代が小さく息を呑《の》むのが聞こえた。その反対に、伊勢崎は大きくため息を吐《つ》く。

「……どうせ忘れるなら俺にしてくれればよかったのに」

「はあ？」

「伊勢崎、余計なことは言わなくていい」

そう言って、佐知がベッドを少し起こそうとしてスイッチに手をかけると、賢吾の手が佐知の手を摑んでそれを拒否《きょひ》した。その瞬間、賢吾の眉《まゆ》が訝《いぶか》しげに寄せられたが、佐知はそれを無視して、はっ、と嘲笑《あざわら》う。

「今の姿でどれだけ偉そうな顔したところで、満足に動けもしないクセに。ちっとも怖《こわ》くなんかないんだよ、馬鹿《ばか》」

「何だと？」

　賢吾の手が佐知を引き寄せ、胸倉《むなぐら》を摑む。いつもならキスされる距離《きょり》だなと思いながら、佐知は険悪な表情の賢吾に向かって顎《あご》を反らした。

「殴《なぐ》れるもんなら殴ってみろよ。その瞬間、お前は何もしてない一般《いっぱん》人を一方的に殴った卑怯《ひきょう》者ってことになるけどな」

「て、めえ……っ」

「ついでに言えば、大した力も出せないだろうし、骨に響《ひび》いて痛いのもお前のほうだけどな。俺のことを追い出したきゃ、さっさと元気になれば？」

　けらけらと笑って胸倉を摑む賢吾の手を外し、佐知は今度こそスイッチを押して賢吾の体を少し起こす。

「田代、後は頼《たの》むな」

「あ、ああ、分かった」

　説明が必要かとも思ったが、田代は佐知に視線を向け、ただ無言で頷《うなず》いてみせた。

「じゃあ、そういうことで」

そうして佐知は、伊勢崎を促《うなが》して病室の外へ出る。とにかく、診察をしてもらうのが先だ。賢吾は頭を打っている。目を覚ましたからといって安心はできない。記《き》憶《おく》がどの程度ないのか分からないが、それが脳へのダメージによるものか、それともまた別の何かによるものなのかも分かっていないのだ。

「……もっと取り乱すかと思ったんですが」

病室の扉を閉めた途端、ため息交じりで伊勢崎が呟《つぶや》いた。面倒《めんどう》なことになったと思っているのだろう。振《ふ》り返った先にいた伊勢崎の眉間には皺が寄っていて、佐知は思わず噴《ふ》き出してしまう。

「どうしたんだよ、まるで自分が忘れられたみたいな顔して。お前のことは覚えてるから大丈夫だって」

「笑いごとじゃありませんよ。どうして佐知さんのほうが落ち着いているんですか」

「俺、取り乱してないように見える？」

数歩歩いて、もう一度伊勢崎を振り返る。扉のそばにいたままでは、賢吾に会話を聞かれるかもしれない。聡《さと》い伊勢崎は当然佐知のその懸念《けねん》を理解してくれて、同じように数歩進んで扉から離《はな》れた。

「悲劇のヒロインぶって、姿を消すとか言い出してもおかしくないなと思いますが」

「何だそれ、ドラマの観《み》すぎだろ。俺はそんなに無責任じゃないよ」

廊下《ろうか》の奥の談話室に目を向けると、点滴《てんてき》をつけたままの患者《かんじゃ》と面会に来た家族らしき人の姿が見える。

数時間前、あそこにいた。早く目を覚ませよと、神に祈《いの》りながら。

「正直、無茶苦茶《むちゃくちゃ》ムカついてる。俺のことを忘れるとか、ほんとあいつムカつく。何なの？怪我してなかったらぶん殴ってやったのに」

でも、という言葉が震《ふる》える。……結構、我慢《がまん》したのに、な。

「……生きててくれただけで、今はもうそれで十分なんだよ。ほんと言うと、それだけで精一《せいいっ》杯《ぱい》。見てくれよこれ、ずっと止まんないんだ」

両手を伊勢崎に差し出す。小刻みに震える佐知の手を見て、伊勢崎は手を伸《の》ばそうとして引っ込めた。

「俺の役目ではありませんね……」

廊下を行き交《か》う人達のざわめきを、ありがたく思う。もしここに伊勢崎と二人きりだったら、佐知は醜態《しゅうたい》を晒《さら》していたかもしれないから。

「俺のことを忘れてたって、賢吾は賢吾な訳。もうそれだけで十分。失うことに比べたら、何だって我慢できる。それに俺さ、賢吾と、病《や》める時も健《すこ》やかなる時も、って約束してるしさ。それって、たとえ俺のことを忘れたって一緒だろ？」

左手の薬指に嵌《は》められた指輪を、親指で弄《いじ》って確認《かくにん》する。賢吾がくれた、生涯《しょうがい》共にいるという誓《ちか》いの証《あかし》。生半可な気持ちで、この指輪を受け取った訳じゃない。

今、賢吾の指輪は佐知が持っている。手術の時に外されて、そのままだ。だけど、賢吾が指輪をしていなくたって、佐知はこの指輪をつけ続けていく。

忘れられた衝撃《しょうげき》がない訳ではない。けれど、賢吾が死ぬかもしれないという恐怖《きょうふ》のほうが佐知にとっては遥《はる》かに大きかった。時間と共にじわじわ来るかもしれないとは思うが、今は生きていてくれたことに対する感謝が何をも凌駕《りょうが》する。

「もう俺、あいつの家族だからさ。たとえばあいつが二度と俺と過ごした人生を思い出さなかったとしても、家族としてそばにいるよ」

「それは……辛《つら》いと思いますよ？」

「分かってる。でも、家族って都合のいい時だけ一緒にいる訳じゃないだろ？　しんどい時だって一緒なんだよ。そりゃもちろん、家族だからって何でも許さなきゃいけない訳じゃない。血の繋《つな》がりだけでどうにもならないことだってある。でも少なくとも、今回のことはさ、あいつ何にも悪くないじゃん」

極端《きょくたん》な話だが、賢吾も佐知もいずれ老いる時が来て、認知症《にんちしょう》や何かで相手のことを忘れることだってあるかもしれない。でも、そうなっても一緒にいるつもりで賢吾と籍《せき》を入れたのだ。賢吾だってそうだったはずだと思っている。

「……佐知さんって、ここぞという時にやたらと強いですよね」

こんなにみっともなく手を震わせている人間に言う台詞《せりふ》ではないだろうと思いながらも、佐知はぐっと親指を立てる。

「おう。どんどん褒《ほ》めてくれていいぞ。俺、褒められると伸びるタイプだから」

「ご冗談《じょうだん》を。佐知さんは貶《けな》されてこそ輝《かがや》く人ですよ」

「そう思ってるの、お前だけだからな？」

「そうですか？」

「そうだよ！」

伊勢崎に向かって笑ってみせた。大丈夫《だいじょうぶ》。ちゃんと笑える。だって賢吾は生きている。失うことに比べたら、何だって我慢できる。

「もし、あいつが俺のことを思い出したら――」

「間《ま》違《ちが》いなく思い出します。弱気なことを言わないでください。若が目を覚ます前の佐知さんを若に見せたいと思って、ちゃんと動画で撮《と》ってあるんです。それを無駄《むだ》にするなんてあり得ませんよ」

「……!?　い、いつの間にそんなの撮ってたんだよ！」

「ちなみに、さっきの若の失礼な態度も組員に撮らせています。若の記憶が戻《もど》るのが楽しみですね」

そういえばさっきまで一緒《いっしょ》に病室にいたはずの組員は……と辺りを見回すと、少し離れたところでスマホを構えた組員が申し訳なさそうに頭を下げた。

「伊勢崎……お前ってほんと敵に回したくないわ」

今度は、心から笑うことができた。記憶を取り戻した賢吾がその動画を見たら、と考えたらおかしくてたまらない。きっと苦虫を噛《か》み潰《つぶ》したような顔で『悪かった』と言うのだ。……きっと言う日が来る。

「誉《ほ》め言葉として受け取っておきますよ」

いつも通りの調子に戻った伊勢崎の肩《かた》を、佐知はぽんぽんと軽く叩《たた》く。

「まずは、記憶喪失《そうしつ》がどの程度か、だよな。俺のことを忘れてるだけだったらいいんだけど」

伊勢崎のことを覚えていたぐらいだから全健忘《ぜんけんぼう》ではなさそうだが、せめて史のことはちゃんと覚えていてやって欲しい。

「佐知さん、分かっていませんね。若は、一番忘れてはいけないものを忘れたんですよ。俺はこれから先の地獄《じごく》がもうすでに見える気がしますね」

「…………？」

「佐知さんに出会わなかった若だなんて、想像するだけでぞっとします」

伊勢崎はそう言ってため息を吐《つ》く。

「いっそ佐知さん、浮気《うわき》してみませんか？」

「は……？」

話がぶっ飛びすぎてついていけない。今の流れでどうしてそんな話になるのか。

きょとんとした佐知に、伊勢崎は大真面目《おおまじめ》な顔をして言った。

「若のことだから、即座《そくざ》に記憶が戻ると思うんですが」

「ぷ……っ、確かにそうかも」

真顔で冗談を言うなんて、伊勢崎らしい。思わず笑ってしまっていたら、田代が病室から出てくるのが見えた。

「あ、俺、田代とちょっと話してくるよ」

「分かりました。俺は組長と姐《あね》さんに電話して、とりあえず今の状況《じょうきょう》を報告します」

「よろしく」

伊勢崎に笑いかけ、佐知は田代に向かって手を上げながらその場を離れる。

「担当医と浮気……いいかもしれない」

幸か不幸か、伊勢崎の独り言は耳に入らなかった。

「田代！」

「ああ、雨宮」

佐知が声をかけると田代は笑顔《えがお》を見せたが、その少し困ったような笑顔に佐知は「気を遣《つか》わなくていいから」と苦笑《くしょう》を返す。

「お前の正直な見解が聞きたいんだ。賢吾はどうだった？」

「外傷に関しては東雲さんが目を覚ます前に言った通り、鎖骨《さこつ》の亀裂《きれつ》骨折と肋骨《ろっこつ》骨折、頭蓋骨《ずがいこつ》の陥没《かんぼつ》骨折が主で、擦《す》り傷や打ち身のほうは大したことなかったから、痛みのレベルもまあ想定内だったんだけど……」

「記憶《きおく》障害については？」

「今この時点では、解離《かいり》性健忘なのか、それとも脳の損傷によるものかはっきりとは言えない。まだこれから色々検査をしてみるけど……とりあえず今言えるのは、東雲さんが忘れてるのは恐《おそ》らく雨宮のことだけ、ってことで……」

　田代の視線がきょろきょろと彷徨《さまよ》う。どういう顔をしていいのか分からないのかもしれない。だが佐知にとって、田代の言葉はむしろ朗報だった。

「俺のことだけ？　ああ、それならよかった」

「え？　よかった？」

　佐知が胸を撫《な》で下ろすと、田代がきょとんとした顔をする。

「いや、あの東雲さんがお前のことを忘れたんだぞ？」

「ムカつくよな」

「そうだよな！……いや、そうじゃなくて！　その、こういうことに踏《ふ》み込むのって医者としての職権を乱用してるみたいで嫌《いや》なんだけど、お前ら、同じ籍に入ってるだろ……？」

「ああ、そうか。賢吾の入院用の書類を書いたのは俺だもんな。……隠《かく》してたつもりはなかったんだけど、驚《おどろ》いただろ？　黙《だま》っててごめんな」

賢吾のプロポーズを受けた時から、佐知と賢吾は二人の関係を殊更《ことさら》に隠してはいない。自分から話すことはしなくても、相手に聞かれた時に嘘《うそ》も吐かない。それぐらいの覚悟《かくご》を持って籍を入れたつもりだ。

「いや、全然まったく隠せてなかったし、むしろやっぱりなって思っただけだからそこはいいんだけど」

田代は、問題はそこじゃない、とばかりに手をぶんぶんと横に振《ふ》って、周囲をきょろきょろと見回してから佐知に顔を寄せた。

「それって、言葉が正しいのかどうか分からないけど、夫婦《ふうふ》みたいなことだろ？　それで自分のことだけ忘れられるって、ショックじゃないかと思って」

田代なりに気を遣ってくれているのだろう。夫婦という言葉は呟《つぶや》きぐらいの声で、佐知は友人の気遣いにふふっと笑う。廊下《ろうか》を行き交《か》う人達は自分のことで精一杯《せいいっぱい》で、佐知達の会話になど興味もないだろうが。

「そりゃもちろん、あいつが全部思い出したらぶん殴《なぐ》るけど、今忘れてるあいつに何を言っても仕方がないだろ？　それよりもさ、あいつが色んなことを忘れてたら日常生活に戻るのは大変だけど、忘れてるのが俺のことだけだったら生活には支障がないんだし、とりあえずはそれを喜んだほうがいいかなって」

「ポジティブ……お前、ここぞという時に強いよな」

伊勢崎と同じようなことを言う田代に、佐知はふふんと笑って腕《うで》を組む。

「俺、どうなるか分かんない未来に怯《おび》えるのはやめたんだよ。なくしたものを嘆《なげ》くより、今あるものを大事にしないとな」

「何か変わったな、お前」

もし変わったとしたら、それは賢吾のお陰《かげ》だ。以前の佐知なら、きっとぐじぐじと悩《なや》んだに違いない。でも今の佐知は知っている。賢吾がずっと佐知を大事にしてくれていたことを。

賢吾のことを思い出しそうになって、佐知は意図的に話を変える。

「それにしても、まさか田代がいる病院に賢吾が入院することになるとは思わなかったよ。いつからここに来てたんだよ、近くに来たなら連絡《れんらく》ぐらいくれてもよかったのに」

田代は大学病院に残っていたはずなのに、まさかこんなに近くで会えるとは。雨宮医院から徒歩で来られる距離《きょり》にあるこの総合病院とは地域医療《いりょう》の提携《ていけい》も行っており、何度か勉強会に参加させてもらったこともあるが、田代がいたなんて知らなかった。

「それが、ほんとについ最近なんだよ。お義母《かあ》さんが病気でさ。これを機に同居するかってことになって、思い切って職場も変えちゃった」

「それは……お前のほうこそ思い切ったな」

医者という仕事は、そんなに簡単に転職できるものでもない。受け持ちの患者《かんじゃ》もいただろうし、引き継《つ》ぎは容易ではなかったはずだ。

「そりゃもちろん、色々大変だったけどさ。俺達こういう仕事をしてて、嫌というほど人が亡《な》くなる瞬間《しゅんかん》に立ち会ってるだろ？　どんなに嫌でもそういう時は来る訳で、だから嫁に後悔《こうかい》して欲しくないなって思ってさ」

後悔は、後で悔《く》いるから後悔と書く。大学病院に勤めている時、そういう人達をたくさん見てきた。

いつでも会える。この日常が永遠に続くと錯覚《さっかく》して、大事な人との時間をおろそかにしたことを嘆く人。

いつでも仲直りできる。明日《あした》もいつものように会えると思い込み、ひどい言葉を投げつけたことを懺悔《ざんげ》する人。

亡くした人との時間は、二度と過ごすことはできない。どんなに望んでも、懇願《こんがん》しても。

「田代、恰好《かっこ》いいな」

「え、そう？」

田代は照れ臭《くさ》そうに頭を掻《か》いた。そうしたほうがいいと思っても、それを行動に移せる人はなかなかいない。

「ああ、すごく恰好いい。いつの間にそんなに――」

「おい、いつまでくっちゃべってんだ」

急に背後から声をかけられ、驚いて振り返る。そこにいたのは伊勢崎に体を支えられた賢吾だった。打ち身だけでも相当痛いはずなのに、まさか勝手に起き上がるなんて思わなかった。

「すみません、勝手に出てきてしまいまして」

「あ、東雲さん！　困りますよ、勝手に動いちゃ！　まだくっついてない骨もあるし、検査だって——」

「お前が遅《おせ》えからだろうが。すぐに検査の手配するっつうから待っててやったのに、ちんたらこんなところでナンパかよ」

賢吾は田代に向かって不機嫌《ふきげん》そうにそう吐《は》き捨てて、近くにいた看護師が自分を支えようとする手を払《はら》う。

「な、ナンパなんてとんでもない！」

「そうですよ、若。佐知さんと田代先生は元々お知り合いなんです。ずっと昔からの。若が文句を言う筋合いなんてありませんよ？　何しろ田代先生は佐知さんの大学時代の同期で、それこそ研修医時代は宿直室で共に夜を過ごしたほどの仲なんです。若の知らない佐知さんをたくさん知っている方ですから、さぞかし積もる話もたくさんあるはずですよ」

「ちょ、ちょっと！　君、伊勢崎君だよね？　うちの大学始まって以来の天才と言われてたから、さすがの俺でも知ってるよ？　君、東雲さんのとこにいたんだね、俺、田代と言いますこんにちは、ていうかその悪意いっぱいの紹介《しょうかい》やめてもらっていいかな!?　何かすごく睨《にら》まれて今にもぶん殴られそ……あれあれあれあれー？」

一人で百面相をする田代に、佐知は首を傾《かし》げる。

「田代、大丈夫《だいじょうぶ》か？」

すると田代は佐知の肩《かた》を抱《だ》いて賢吾に背を向け、こそこそと話し始めた。

「おかしくないか？　東雲さん、何で怒《おこ》ってんの？　記憶がないはずなのに」

「え？　ああ、待つのが嫌《きら》いだからだろ？」

そう言ってちらっと背後を振り返ると、賢吾と目が合った。明らかに機嫌が悪い。正直、伊勢崎はよく涼《すず》しい顔をして隣《となり》に立っているなと思うぐらいだ。

あいつ、目を覚ましてからずっと不機嫌だな。やはり体が痛いからだろうか。

「ちょ、ちょっとだけ試《ため》してみたいことがあるんだけど、いいか？」

痛み止めをもらったほうがいいだろうかと考えていたら、田代がこそっとまた話しかけてくる。

「……？　別にいいけど？」

「じゃ、失礼します」

田代はちょこっと頭を下げるなり、佐知のことをぎゅっと抱きしめてさっと離《はな》れた。

「……？　試してみたいことって今の？　何のために――」

何のためにそんなことをしたんだ？　と聞く前に、ぶわりと顔の前で風が吹《ふ》いて田代が吹っ飛んだ。

「田代!?」

賢吾が突《つ》き飛ばしたのだと気づいた時には、田代は数メートル先に無様に転がっていて、佐知はいつの間にか間近にいた賢吾を睨みつける。

「賢吾！　お前何やって——、……？」

だが怒《いか》りのままに怒鳴《どな》りかけた佐知は、賢吾の態度に言葉を止めた。

「………？」

やったはずの賢吾本人が、驚《おどろ》いた顔で自分の手を見つめている。一体どういう訳なのか。

「賢吾……？」

「俺は、何をやってんだ？」

「は？」

いきなり人を突き飛ばしておいて、何を言っているのか。しらばっくれるつもりかと思ったが、痛みに気づいたように賢吾が顔を顰《しか》めたので、慌《あわ》てて賢吾の体を支える。

「大丈夫か？」

「触《さわ》んな！」

佐知の体を突き飛ばし、賢吾はむっとした顔で壁《かべ》に凭《もた》れかかった。待合室や廊下にいた人達が、揉《も》め事を避《さ》けるように賢吾から視線を逸《そ》らす。

　ここで問題を起こす訳にはいかない。佐知は怒鳴りつけたい気持ちを堪《こら》えて賢吾を宥《なだ》めようとした。だが佐知が声をかけるより先に、伊勢崎と田代の会話が耳に入ってくる。

「先生、体が覚えている、ということがあると思いますか？」

　伊勢崎に助け起こされながら、田代はちらっとこちらを見て苦笑《くしょう》を見せた。

「今のこの状況《じょうきょう》を見る限り、ある、って言いたくなるなあ。細胞《さいぼう》レベルで覚えてるって感じで怖《こわ》いけど」

「まあでも、あり得ますよね」

「だよなあ、東雲さんだもんな」

　何を二人で分かり合っているのか。苦い顔をする佐知に、ぱんぱんと白衣をはたいて賢吾に近づいた田代が、賢吾の様子を窺《うかが》いながら佐知に話しかけてくる。

「解離《かいり》性健忘《せいけんぼう》にしろ、脳の損傷によるものにしろ、完全に忘れた訳じゃない、っていうのは光明だと思うべきだろうな。ただ、今もたぶんそうだと思うんだけど、東雲さんの頭の中は無理やりに雨宮の記憶《きおく》をなかったことにしてる訳で、そうすると実生活の中で整合性が取れないことがいくつか出てくる。そうしたら一瞬、頭の中がパンクするみたいだ」

「頭の中が、パンク？」

　佐知の視線の先にいる賢吾は、自分の手のひらを見つめて固まったままだ。

「実はさっき、東雲さんに俺との関係を聞いた時も同じことが起こったんだ。本来、俺と東雲さんに接点はないはずだろ？　俺と東雲さんが知り合うには、雨宮の存在が必要だ。けど、東雲さんの記憶には雨宮はいなくて、だから俺と知り合ったきっかけをどうしても思い出せない。それでも思い出そうと無理に考えると――」

「ぐ……っ！」

「賢吾!?」

突然《とつぜん》、賢吾が頭を押さえて蹲《うずくま》った。

「大丈夫か!?」

佐知が賢吾に走り寄ろうとすると、田代の手がそれを止める。

「ああやって脳が考えることを拒否《きょひ》する。雨宮が近寄ると逆効果だと思う。しばらくすれば治まるから、ここで待ってて」

そう言って田代が賢吾に近づき、ぽんぽんと肩を叩《たた》いた。

「無理するからですよ、東雲さん。一旦《いったん》ベッドに戻《もど》りましょう」

そうして賢吾が田代に連れられて病室に戻っていくのを、佐知はただ眺《なが》める。

「これってわりと前途《ぜんと》多難じゃない？」

思い出そうとすることさえ脳が拒否するなら、もうお手上げじゃないか。

「そうですか？　孫悟《そんご》空《くう》の頭に付けられた緊箍《きんこ》児《じ》みたいで笑えますね」

「お前、結構怒ってる？」

「怒るというより呆《あき》れていますね。散々俺の愛は永遠だの何だのほざいておいて、このザマですからね」

伊勢崎にしては珍《めずら》しいほどに、悔《くや》しさを隠《かく》しもせずに舌打ちをする。口では呆れているだなんて言っているが、佐知と賢吾のことを心配してくれているのがひしひしと伝わった。

「まあ、ありがとう？」

怒ってくれて。

佐知の言外の気持ちを正確に読んだらしい伊勢崎は、ちょっと嫌《いや》そうに顔を顰めたが、すぐに表情を苦笑に変える。

「どういたしまして？」

佐知が拳《こぶし》を伊勢崎に向けると、伊勢崎の拳がこつんとぶつかってくる。

これから長い戦いになりそうだけれど、頼《たよ》りになる仲間がいてくれると思うと心強かった。

賢吾との思い出を共有できる相手がいることも。

「だから、退院はまだできないって言ってるだろ？」

「てめえに指図される覚えはねえ」

この言い争いは本日三度目である。本当にしつこいやつだ。うんざりして、佐知は何度目かのため息を吐《つ》く。

賢吾が目を覚ましてから三日経《た》ったが、賢吾は毎日家に帰ると駄々《だだ》を捏《こ》ねている。早々に寝《ね》ていることに飽《あ》きてしまったらしい。元々家でごろごろしているタイプではないが、怪我《けが》をしている時ぐらいは安静にして欲しい。

賢吾は骨に異常などないみたいな顔で、すぐに動き出そうとしてしまう。絶対に痛いはずなのに、痛みに関してはやたらと我慢強《がまんづよ》い男である。もしかしたら、野生の獣《けもの》が狙《ねら》われないために不調を隠そうとするのと同じ心理なのかもしれない。

「いいか、賢吾」

「呼び捨てにすんじゃねえ」

「じゃあ賢吾ちゃん」

「ふざけんな」

ここ数日組員達を震《ふる》え上がらせている鬼《おに》の表情で睨《にら》みつけられたが、佐知は負けることなくふんと鼻を鳴らす。

「賢吾か賢吾ちゃんの二択《たく》だよ。さっさと治したけりゃ、俺に喧嘩《けんか》を売らないことだぞ？　手が滑《すべ》ってヒビが入ってる鎖骨《さこつ》に肘鉄《ひじてつ》食らわせちゃうかもしれないし」

「手が滑って肘鉄っておかしいだろうが」

「じゃあ手刀？」

「…………」

「という訳で賢吾ちゃん」

「……賢吾でいい」

二人のやり取りを聞いて、幸を抱《だ》いた京香が「あははは」と声を上げて笑う。その隣《となり》で郁を抱いた吾郎が肩《かた》を揺《ゆ》らした。

「記憶がなくても、佐知に頭が上がらないんだねえ」

「うるせえぞばばあ」

起きてからずっと、賢吾は眉間《みけん》に皺《しわ》を寄せっぱなしだ。賢吾のあまりの剣幕《けんまく》に組員達は恐《おそ》れをなし、誰《だれ》も病室に訪ねて来なくなった。外で警備をしている組員達も、よほどのことがない限り、中に入りたがらない。

「お前がどんなに嫌でも、俺がお前の家族なのは本当なんだから、いい加減諦《あきら》めろよ」

賢吾が何より気に入らないのは、佐知が自分の家族だということらしい。そりゃそうだ。賢吾には佐知の記憶がないのに、いきなりあなたには男の恋人《こいびと》がいますなんて言われても、簡単に受け入れられるはずがない。

佐知のことを覚えていない賢吾に、二人の関係を話さない、という選択肢《せんたくし》もあったが、籍《せき》が入ってしまっている以上、いずれバレる可能性が高い。賢吾の性格を考えたら、佐知の存在に疑問を持った時点で調べるに決まっていて、そうなるとご近所中が知っている二人の関係を隠す術《すべ》はなかった。

記憶障害に関しては心療《しんりょう》内科からも担当医がついているのだが、その担当医とも相談の上で、正直に話すことになったのだ。

だが、予想していたとはいえ、賢吾の反発は相当なものだった。

賢吾の性格を考えると、その事実自体を鼻で笑って無視するかと思っていたのに、佐知を見るたびに文句を言う。

「冗談《じょうだん》じゃねえ。何が家族だ。男を嫁《よめ》になんかした覚えはねえんだっつうの」

「嫁になんかなった覚えは俺もない。そもそも、思い出せないやつに強要するつもりなんかないから、生き別れの兄弟と再会したぐらいに思っとけば？　って言っただろ？」

「何が兄弟だ。女みてえな面《つら》しやがって」

これまで賢吾から一度も聞いたことがないような言葉が、ざくざくと佐知に突《つ》き刺《さ》さってくる。賢吾は頭がいいから、何を言えば佐知を不快にさせるのかなんてお見通しなのだろう。だが甘い。こちとら、その程度で傷つくようなやわなメンタルはとっくに放《ほう》り捨てている。

「そんなに美人だった？　ごめんなさいねえ？」

べーっと舌を出すと、吾郎のため息が聞こえてきた。

「佐知と出会っていなければ、賢吾はこのようなつまらん男になっておったということか」

「そうだねえ、お前さん。誰彼構わず威嚇《いかく》して、みっともないったらないよ」

さすがに実の両親はどんな賢吾にも動じない。賢吾が発するぴりぴりした空気をものともしないばかりか、けらけらと笑いながら火に油を注ごうとする二人は、やはり肝《きも》の据《す》わり方が違《ちが》う。これが東雲組という大きな極道《ごくどう》組織を束ねる器《うつわ》というものか、と佐知は妙《みょう》なところで感心した。

賢吾は今にも怒鳴《どな》りたそうに口を開けたが、すぐにちっと舌打ちをして黙《だま》り込む。ついさっき、怒《いか》りのままに怒鳴りつけたところ、驚《おどろ》いた郁と幸に号泣《ごうきゅう》されたからだ。

「学習能力があってよかった」

佐知が褒《ほ》めてやると賢吾はむっとした顔でこちらを睨みつけてくるが、知らん顔でリンゴの皮を剝《む》く。

「ちゃんとうさぎさんにしてやるから、もうちょっと待ってろって」

「誰がそんなもん——」

賢吾が怒鳴り声を上げかけたところで、病室の扉《とびら》が無遠慮《ぶえんりょ》に開いた。田代が来たのかと何気なく扉のほうに視線を向けると、そこにいたのはくたびれたスーツに身を包んだ見知らぬ男で、驚いた佐知の心臓がきゅっと痛む。

また賢吾が傷つけられてしまうかも。考えるより先に、佐知の体は賢吾を守ろうと男の前に立ちはだかる。だが、入ってきた男は気安い調子で軽く手を上げただけだった。

「よお、死んだかと思ったが生きてたか」

「何しに来やがった。てめえの管轄《かんかつ》じゃねえだろうが」

知らなかったのはどうやら佐知だけのようで、三人の表情がうんざりしたものになる。

ぼさぼさ頭に無精髭《ぶしょうひげ》を生やしてはいるが、入ってきた男は佐知とそう年齢《ねんれい》が変わらないようにも見える。肌《はだ》のハリや白目の状態は、見た目を裏切ってまだ若さを保っていた。

賢吾にも当然、佐知の知らない人間関係がある。そんなことは分かり切っていることなのに、今は自分だけが除《の》け者になったような気持ちになる。佐知の知らない賢吾を、今は知りたくない。そんな我が儘《まま》は言えないので黙っているしかなくて、もやっとする気持ちを誤魔化《ごまか》す代わりに、佐知は少しでも皆《みんな》の視線を避《さ》けようと隅《すみ》に体を寄せた。

「ただの交通事故に首を突っ込もうなんて、四課も暇《ひま》になったもんだねえ」

「ただの交通事故ねえ。その割にお宅んとこの伊勢崎が、血眼《ちまなこ》になって犯人捜《さが》しをしているようだが？」

「ああ、あの子は賢吾に心酔《しんすい》しておるからな。轢《ひ》き逃《に》げ犯を見つけ出して警察に突き出そうというのを、よもや犯罪だとは言わぬだろう？」

伊勢崎が聞いたら目を剥いて怒りだしそうなことを言って、吾郎が快活に笑う。全員が口元に笑《え》みを浮《う》かべているが、佐知の頭には『狐《きつね》と狸《たぬき》の化かし合い』という言葉が浮かんだ。

「お、これが噂《うわさ》の嫁さんか」

突然《とつぜん》男の視線がこちらへ向く。邪気《じゃき》のない顔でにかっと笑われ、何となく愛想《あいそ》笑いを浮かべた。賢吾達の反応を見る限り、友好的な関係とは言えないようだが、どのような立ち位置で接するべきなのかが分からない。

「確かに美人さんだなあ、こりゃ。お前が大事に箱に仕舞《しま》っときたくなるのも分からなくはないな」

ずいっと顔を寄せられて、顎《あご》を引く。至近距離《きょり》で見た男の目の色が片方ずつ違っていることに気づき、あっと思った時には男の顔が離《はな》れていった。

「初めまして、お姫《ひめ》さん。俺は山田《やまだ》太郎《たろう》。以後よろしく」

絶対偽名《ぎめい》だろ、と思ったが、声には出さずに頭を下げる。

「えっと……」

「こんなやつに自己紹介《しょうかい》なんてしてやる必要はないからね。こいつはハイエナみたいな男なんだ。会うたび適当な名前を言うから、覚える必要もない」

京香の言葉に、山田（仮名《かめい》）はかかかと笑った。

「いやいや、今は本当に山田太郎なんだって」

「今は、か。俺が前に会った時は確か、田中一郎《たなかいちろう》だったけどな」

今度は賢吾がげんなりした顔をすると、山田は芝居《しばい》がかった仕草で肩を竦《すく》める。

「しょうがないだろ？　俺は何にも悪いことをしてないのに、どうしてか生きてるだけで命を狙《ねら》われるんだ」

「てめえが行く先々でやくざのシノギ潰《つぶ》して歩くからだろうが。刑事《けいじ》なんかやめてやくざになったらどうだ。間違いなくそっちのほうが向いてるぞ」

「あらまあ、今や飛ぶ鳥を視線だけで落とす勢いの若頭《わかがしら》さんに褒められちゃった」

茶化《ちゃか》した顔でくくっと笑う山田は、どうやら刑事であるらしい。それなら賢吾が佐知に会わせないのも当然か、と思った。こんな時にくだらない悋気《りんき》を抱《いだ》いている自分にうんざりする。

「で？　誰にやられたんだ？」

「知らねえよ」

「誤魔化す気か？　俺とお前の仲でそれはないだろ？」

「気色悪《わり》ぃこと言うな。……ほんとに記憶《きおく》がねえんだ。一緒《いっしょ》にいたらしいから、こいつのほうが覚えてるんじゃねえのか？」

会話に参加することもできないし、とリンゴの皮剥きを再開した佐知のことを、賢吾が指差した。

「そうなの？　じゃあ君、今からお兄さんとお茶でもしばきに行かない？」

山田の手が佐知の肩を抱いた……と思った瞬間《しゅんかん》、ぶん、と佐知の顔の前を風が通り抜《ぬ》ける。

「ぶほっ」

賢吾が手元にあったクッションを投げたのだ。そして投げた本人は、またあの時と同じように不思議そうな顔をする。

「おい、お姫さんに触《さわ》ったからっていきなりこれはないんじゃないの？」

クッションを顔で受け止めた山田がそれを摑《つか》んで文句を言ったが、賢吾は手を見つめたままフリーズを始めた。正直、またか、と思った。こういうことが起こるのは、もうかれこれ五度目である。

「おい、無視すんなよ、おいって」

山田が賢吾の顔の前に手をかざしても、賢吾の反応はない。

「またなのかい？」

「忘れていても悋気だけは一人前とはな」

すでに何度かこの状況《じょうきょう》を目撃《もくげき》している京香と吾郎が、呆《あき》れ顔でため息を吐《つ》く。

「佐知、ぶん殴《なぐ》ってやればいいんじゃないのかい？」

「駄目《だめ》ですよ、京香さん。まだ怪我《けが》が治ってないですし」

物騒《ぶっそう》なことを言う京香に笑ってから、佐知は「よし」とようやく剝けたうさぎさんを賢吾の口に押し込んだ。

「……？」

反射的にもぐもぐし始めた賢吾に、うさぎさんがいくつも載《の》った皿を渡《わた》す。

「ほら、うさぎさん作ってやったから、ちゃんと全部食べるんだぞ」

賢吾は何か言いたそうにしたが、口の中のリンゴが邪魔《じゃま》で言葉にならないらしい。諦《あきら》めてまたもぐもぐし始めた賢吾を確認《かくにん》してから、佐知は山田を促《うなが》して病室を出る。

「今の何なんだ？　あいつ、何か悪い病気なのか？」

「いえ……今から言うことは本当のことなんで、真面目《まじめ》に聞いて欲しいんですけど」

そう前置きして、佐知は山田にこれまでのことを説明した。賢吾には事故の記憶も、佐知の記憶もないこと、無理に思い出そうとすると今みたいにフリーズしてしまうこと。

佐知の説明を聞き、山田は顎に手を置いて唸《うな》り始める。

「信じがたい……そんなこと、本当にあるのか……？」

「俺も最初は驚いたんですけど、賢吾はこんなくだらない冗談《じょうだん》を言うタイプじゃないです」

「まあ、確かに。……で、轢き逃げ犯にはまったく心当たりがない、と？」

「本当にあっという間のことで。……俺が、もっとちゃんと周りを見てればよかったんですけど……すみません、気が動転してしまって……」

事故の時のことを思い出そうとするが、ほとんどまともに思い出せない。思い出すのは、賢吾の血の赤い色だけだ。

事故現場にはそれなりに目撃者がいて、轢き逃げをした車の車種やナンバーは特定されていると伊勢崎から聞いたが、数か月前に盗難《とうなん》されたものらしく、その後の足取りも摑めていないらしい。

佐知だって、賢吾をあんな目に遭《あ》わせた犯人を捕《つか》まえたい。自分が不甲斐《ふがい》なくて顔を伏《ふ》せると、山田は佐知の顔を覗《のぞ》き込んで優《やさ》しく笑った。

「東雲から聞いていたところによると、君は元々一般《いっぱん》人だったよな？　気が動転するのは当たり前だ」

「賢吾から、俺のことを聞いてるんですか？」

「まあな。警察官というと完全に敵だと思われるかもしれないが、東雲とは持ちつ持たれつの関係でな。もし何かあった時はあんたが組のことに巻き込まれないようにしてやってくれと頼《たの》まれてる」

「賢吾のやつ、そんなことを……」

賢吾は佐知を守ろうとしすぎる。自分が極道《ごくどう》であるということに引け目があるのかもしれないが、佐知は守ってなんか欲しくない。どんな時だって一緒に戦いたいのに。

不満が顔に出ていたのだろうか。山田はくっと笑ってから、佐知の頭をぽんぽんと優しく撫《な》でた。

「好きなもんは傷一つつけずに守りたいっていうのが、あいつの性分《しょうぶん》なんだろう。諦めて守られてやんな。それでもしもの時があったら、あんたが守ってやればいいんだ。な？」

子供をあやすみたいな言い方をされたのが恥《は》ずかしくて、佐知の頬《ほお》がかあっと赤くなる。すると、まるで狙ったみたいに病室の扉《とびら》が開いた。

「てめえ、またナンパされてんのか」

扉が開いた途端《とたん》、剣呑《けんのん》な表情の賢吾が姿を現す。顔を顰《しか》めないといけないぐらい痛いのに、どうしてすぐにベッドから脱走《だっそう》するのだろうか。学習能力があると思ったのは、気のせいだったのかもしれない。

「ナンパなんかされてない。ただちょっと話をしてただけで――」

「話をしてただけでいちいち頭撫でられんのかよ、お前は」

目敏《めざと》い。山田は扉が開いてすぐに手を引っ込めたのに、一瞬を見逃《みのが》さない洞察《どうさつ》力はさすがだ。賢吾はまるで重箱の隅《すみ》をつつくように、毎度こうして佐知に文句を言ってくる。

言い返すのも馬鹿《ばか》馬鹿しいとため息を吐いたところで、京香が病室から顔を出した。

「賢吾、そんなに動き回ったらくっつくものもくっつきゃしないよ？　早くベッドに戻《もど》って――」

「うるせえ！」

賢吾をベッドに連れ戻そうとする京香の言葉に、何がそこまで癪《しゃく》に障《さわ》ったのか、いきなり賢吾が怒鳴《どな》り声を上げる。途端に京香と吾郎の腕《うで》の中にいる郁と幸が、「うぎゃああ！」と泣き出したが、驚《おどろ》いたのは佐知も同じだった。今の賢吾の地雷《じらい》がどこにあるのか、全然分からない。

「おいおい、いつからそんなにおとなげない人間になったんだ？」

山田が宥《なだ》めようと賢吾の肩《かた》に手を伸《の》ばしたが、賢吾がその手を叩《たた》き落として今にも殴りかかろうとしているのに気づき、佐知は慌《あわ》てて二人の間に体を滑《すべ》り込ませた。

「賢吾、ベッドに戻ろう。な？」

「……だったら、さっさとベッドに連れていけ」

勝手にここまで歩いてきたのだから、自分で戻ればいいのに。そう思ったが、さすがにここで口に出すほど馬鹿じゃない。体が思ったようにならない苛立《いらだ》ちは、佐知が思うよりずっと強いのかもしれなかった。

「はいはい。ベッドに戻ってうさぎさん食べような」

「何がうさぎさんだ。もっと小さく切れ」

「我が儘《まま》言うんじゃない。うさぎさんだって破格の扱《あつか》いなんだぞ？」

賢吾の意識が山田に向かないように、賢吾の体を病室に向けて歩きだす。

「何だあれ、猛獣《もうじゅう》使いか？」

「まあ、似たようなもんだねえ」

「どうせならもう少し上手《うま》く調教してくれてもよいのだが」

背後で人の気も知らないで呑気なことを言う三人の声が賢吾に聞こえないように、病室の扉をぴしゃりと閉めた。

「ほら、早くベッドに横になれ。まだ骨が引っ付いてないんだから無理したら駄目だろ？」

コルセットはしているが、そんなものは大した慰《なぐさ》めにもならないはずなのに、賢吾は痛みなど感じないみたいに無茶《むちゃ》をするから困る。

「お前がのこのことナンパについていくからだろうが」

「だーかーらー、ナンパなんかされてないって。ちょっと話してただけだってば」

「どうだか。さっきは田代と楽しそうに昼飯食いに行ってやがったし」

「昼休みに抜けてきたから、何も食べてなかったんだっつうの。お前はほんとにいちいちうるさ――」

いつもの調子で言い返しかけてから、何か変だな、と思う。こいつ、本当に記憶《きおく》がないんだよな？　なんだかいつもの賢吾との会話に思える。

「何だよ」

思わずじっと見つめてしまったら、賢吾が眉間《みけん》に皺《しわ》を寄せて睨《にら》んできた。どう見たって好意的には見えない。まったく訳が分からん。

「べっつにぃ？　ていうか、午後の診察《しんさつ》が始まるからそろそろ帰るよ」

「…………」

「何だよ？」

賢吾が先ほど言った言葉を、今度は佐知が賢吾に投げかける。

「明日には家に帰る」

「お前、またそこに戻るの？」

どうしたら諦めるのかと佐知がほとほと呆《あき》れていると、賢吾はベッドに横になりながらぼそりと言った。

「てめえが通ってくるからだろうが」

「は？　俺のせい？」

「いちいち来るたびにナンパされやがって。鬱陶《うっとう》しいんだよ」

ここに通ってくる間、一度たりともナンパなどされたことはない。言いがかりも甚《はなは》だしいなと思ったが、午後の診察時間に遅《おく》れてはいけないので適当に話を合わせる。

「分かった分かった、今度からは気をつけるから」

「…………」

むっとした顔で黙《だま》り込んだ賢吾に上掛《うわが》けをかけてやり、佐知はとっとと退散することにした。

「……くそっ」

賢吾の舌打ちを背中で聞いて、病室をあとにする。こんなことぐらいで、傷ついたりはしないのだ。

「賢吾さんの様子はどうでした？」

午後の診察のために雨宮医院に戻ると、問診票の整理をしていた舞桜が声をかけてくる。

「昨日と同じ。むすーっとした顔して、家に帰るってうるさいのなんのって」

「ははは、じっとしてるのが苦手なんでしょうね」

どさっと診察室のデスクチェアに腰掛《こしか》けると、舞桜がお茶を淹《い》れてくれた。礼を言ってそれを受け取って、ずずっと啜《すす》る。あー、今はここが一番落ち着く。

「史のほうがまだ聞き分けがいいよ。ほんと面倒《めんど》臭《くさ》いやつだわ、あいつ」

ここぞとばかりに悪態を吐《つ》く。舞桜は笑ってそれを聞いてくれると分かっているからだ。

「佐知さんのお話だけを聞いてると、賢吾さんって相変わらずだなあって思えるんですけどねえ」

出した茶筒《ちゃづつ》を片付ける舞桜の言葉に引っかかる。

「何？　誰《だれ》かが何か言ってた？」

「碧斗のお迎《むか》えの時に、史君を迎えに来てた伊勢崎さんと会ったんですが、疲《つか》れた顔をしてましたよ？」

「ああ、伊勢崎はなあ……」

可哀想《かわいそう》に、今現在、賢吾のストレスの一番のはけ口となっているのは伊勢崎なのだ。賢吾は伊勢崎を見るたびに、いつになったら轢《ひ》き逃《に》げの犯人を捕《つか》まえてくるんだこの無能が、とここぞとばかりに八つ当たりを始める。

佐知が驚いたのは、あの伊勢崎がその状況《じょうきょう》を受け入れていることだ。八つ当たりだと分かっているだろうに、伊勢崎はそれに反論一つせず、ただ『申し訳ありません』とだけ繰《く》り返す。

「伊勢崎もあれじゃあ疲れるのが当たり前だよなあ。俺が下手《へた》に庇《かば》うと余計にしつこくなるから、助けてもやれなくてさ」

「いえ、違《ちが》うんです。伊勢崎さんは、賢吾さんがああなってしまったことに責任を感じてるみたいで」

「責任……？」

「本来なら、賢吾さんと佐知さんにはずっと護衛がついていたはずなんです。でも、賢吾さんに無粋《ぶすい》なことするなよって言われて、護衛を帰してしまったって言ってました」

「いや、でもそれは賢吾がそう言ったからで……」

賢吾がそのような我が儘を言うのは、決して初めてのことではない。近所だったこともあるし、ホテルに宿泊《しゅくはく》しに行く＝セックスをしに行く、と皆《みんな》に少なからずバレている状況であるから、佐知も護衛がついてこなくてほっとしていたぐらいだ。

「賢吾さんを守るのが伊勢崎さんのお役目ですから。たとえ賢吾さんに嫌《いや》がられても、護衛を外すべきじゃなかったって後悔《こうかい》してるみたいでした」

伊勢崎は佐知に何も言わなかったから、そんなに責任を感じているなんて知らなかった。でも考えてみれば、伊勢崎は完璧《かんぺき》主義である分、自分にも厳しい。

「そっか……それでなのか。教えてくれてありがとうな、舞桜。今度伊勢崎に会ったら、気にするなって言っとくよ」

たとえ伊勢崎が賢吾に内緒《ないしょ》で護衛をつけてくれていたとしても、きっと状況はさほど変わらなかったと思う。車が突《つ》っ込んできたのは、本当にいきなりのことだったのだ。伊勢崎が自分を責める必要などどこにもない。

伊勢崎はああ見えて情が深い。一度自分の懐《ふところ》に入れた人間に対しては、とことん付き合う男だ。そう知っているはずなのに、いつも冷静沈着《ちんちゃく》で頼《たよ》りになる分、そういう伊勢崎の一面を忘れてしまいそうになる。

普段《ふだん》はそうは見えなくても、伊勢崎と賢吾には友情と言って差し支《つか》えのない感情がある。……本人達はきっと否定するだろうけれど。

伊勢崎が賢吾の今の状況に、何も感じないはずはないのだ。相手は自分よりも年下だというのに、頼り切って情けないなと反省した。

「……それにしても、伊勢崎のやつ、舞桜にはそんな風に弱音が吐《は》けるんだな」

伊勢崎にだってそれなりに友人付き合いぐらいはあるだろうが、誰かとあまり深く付き合っている姿を見たことがなかった。それこそ、出会った頃《ころ》からずっと。

「え？　弱音？　いや、ただの世間話で聞いただけですよ？」

舞桜がきょとんとした顔をする。そうだった。舞桜はこういう人間なのだ。こんな舞桜だから、佐知だって舞桜になら何でも話してしまう。

舞桜はいつだって、自分の考えを押しつけたりすることなく、どんな話をしてものんびりとした空気を纏《まと》ったままだ。そういう舞桜の生まれ持っての優《やさ》しさは、周囲にいる人間を癒《いや》してくれる。

けれど、舞桜は癒されることがあるんだろうか。いつも頼ってばかりで、たまには自分こそが舞桜の役に立ちたい佐知である。

「俺、こう見えてもちゃんと頼れる男だからな？」

「……？　何のお話ですか？」

「舞桜の優しさに甘えてばっかりじゃなくて、俺もちゃんと舞桜を幸せにしたいってこと」

ずずっと最後の一滴《いってき》までお茶を啜り終える。湯呑《ゆのみ》を受け取った舞桜は不思議そうに首を傾《かし》げたが、佐知はそれに笑顔《えがお》だけを返して、「よし！」と両頬《りょうほお》を叩《たた》いて気合いを入れる。

「じゃあ、午後の診察も頑張《がんば》っていこう！」

「ふふ、はーい」

自分は本当に恵《めぐ》まれているな、と思う。心配してくれて、助けてくれる人達がいる。でも今のこの恵まれた環境《かんきょう》も、賢吾が佐知に与《あた》えてくれたものだ。

伊勢崎は賢吾の補佐《ほさ》だし、舞桜だって賢吾がいなければここで働いていなかった。

賢吾が記憶を無くしても、佐知のことを好きじゃなくなっても、これまで賢吾が与えてくれたものが、佐知にはたくさんある。

だから、まだまだ頑張れるのだ。

賢吾が東雲組への帰還《きかん》を果たしたのは、入院してからわずか一週間後のことだった。

「若！　お帰りなさい！」

ずらりと門前に並んだ組員達が、一斉《いっせい》に賢吾に向かって頭を下げる。正絹《しょうけん》の着物と羽織り姿の賢吾は吾郎に負けず劣《おと》らずの貫禄《かんろく》で、「おう」とそっけない言葉だけを残して門を潜《くぐ》った。

「恰好《かっこ》つけちゃって」

賢吾には聞こえないように、共に賢吾の後ろを歩く伊勢崎に向かって小さな声でぼそっと呟《つぶや》く。

「先ほどまでの騒《さわ》ぎが嘘《うそ》のようですね」

ここに帰るまでの車内では、車が少し揺《ゆ》れるたびに運転手である伊勢崎に当たり散らして大変だったのだ。痛いなら素直《すなお》に痛いと言えばいいのに、痛い顔はせずに八つ当たりするから性《た》質《ち》が悪い。

相変わらず胸にはコルセットをつけているが、そんなものは気休めのようなものだ。外傷に関してはもう日にち薬ということで、入院していたところでする処置もないため、帰宅が許可されることになったが、決して治った訳ではない。

頭蓋骨《ずがいこつ》の陥没《かんぼつ》骨折の治療《ちりょう》のため、側頭部にはそれなりに大きいハゲができている。髪《かみ》で隠《かく》れて見えないようになっているが、退院時に身だしなみを整えようと鏡の前に立ったことでそれに気づき、そのことにも大変ご立腹であるらしい。

「こんな時ぐらい、ゆっくりしてくれればいいんだけど」

「自宅療養、のはずなんですが、どこまで療養していただけるでしょうかね」

二人がそんな会話をしている間に賢吾が玄関《げんかん》に辿《たど》り着き、組員ががらがらと引き戸を開ける。するとそこには、待ちかねた顔の史がいた。

「ぱぱ、おかえりなさい！」

あらかじめ、骨が折れているから飛びつかないように、という話はしておいたので、史は今すぐ飛びつきたそうにそわそわしながらも、賢吾の前で止まってきらきらした笑顔を向ける。

「おう」

賢吾はそう返事をしたものの、史に対して笑いかけもしなかった。手が持ち上がりかけて、史の頭を撫《な》でるのかと思ったのにすぐに下ろされる。

鎖骨《さこつ》の痛みはもちろんまだあるはずだが、これまでも痛みなどないような顔で腕《うで》を上げたり下げたりしていたのだから、痛みのせいとは思えない。頭を撫でられるつもりで顔を伏《ふ》せていた史が、異変に気づいて賢吾を見上げた。

「ぱぱ……？」

賢吾は入院中に心療内科でカウンセリングを受けている。家族構成について賢吾自身が書いた紙を見せてもらったが、ちゃんと史のことも書いてあったから、史のことを忘れている訳ではない……はずなのだが、ちょっと自信がなくなってきた。

「賢吾、史はお前が今日帰ってくるのをすごく楽しみにして――」

久しぶりで緊張《きんちょう》しているのだろうか。とにかく何か二人の会話のきっかけを、と思ったが、賢吾は佐知の話を最後まで聞かず、上がり框《がまち》に足をかけるなり、史のことを見もせずに伊勢崎に声をかける。

「伊勢崎、溜《た》まった仕事を先に片付けるから、状況《じょうきょう》報告をしろ」

「担当医のほうから、今日はまだ何もさせないようにと言われていますので、若には今から寝《しん》室《しつ》で横になっていただくつもりですが」

「何だと？」

史の横を通り過ぎ、そのまま奥に入っていこうとした賢吾が、足を止めて伊勢崎をじろりと睨《にら》む。伊勢崎はそれに怯《ひる》むことなく、しれっとした顔で無視をした。

一触即発《いっしょくそくはつ》の空気。以前からよく口喧嘩《くちげんか》をしていた賢吾と伊勢崎だが、今ほど殺伐《さつばつ》とはしていなかった。佐知のことを忘れただけだと思っていたが、もしかしたら他《ほか》にも以前の賢吾との違いがあるのかもしれない。

日常生活に戻《もど》ればあるいは……と思ったが、やはり前途《ぜんと》は多難である。

「ぱぱ、いせざきさんはね、ぱぱのことをしんぱいしてるんだよ？　だからぼくといっしょにおひるねしよ？」

空気を察した史が賢吾の手を取る。自分のせいで二人の仲が悪くなったと思ったのだろう。だが賢吾は、その手をさっと振《ふ》り払《はら》ってしまった。

「昼寝《ひるね》なんかしてる暇《ひま》はねえ。史、お前はあっちへ行ってろ」

史、と名前を呼んだから、やはり史のことを忘れている訳ではないらしい。それにしても何かがおかしい。子供にこんな風に冷たい態度を取るような男ではないはずなのに。

史は驚《おどろ》いた顔でじっと賢吾を見上げた。綺麗《きれい》な瞳《ひとみ》がまん丸に見開かれ、その後で視線がこちらを向く。

これは困ったことになってしまった。賢吾が事故に遭《あ》ったことは史に話しているが、佐知のことを忘れていることについては話していない。

もちろん、話さなくてはいけないと思った。ずっと黙《だま》っている訳にはいかない。だが、どういう風に伝えたらいいのか、考えあぐねていたのだ。

それに正直、史のことはちゃんと覚えているのだからさほど問題はないだろうと高を括《くく》っていた部分もある。だが、どうやら佐知の考えが甘かったらしい。

それにしたって、賢吾の史に対する態度はひどすぎる。佐知は困惑《こんわく》する史を安心させるために笑顔を向け、それから賢吾を睨みつけた。

「お前、いい加減にしろよ。今度また史にそんな態度を取ったら、お前のこと、嫌《きら》いになるからな」

いつもの調子で言ってから、これでは今の賢吾には何の抑止《よくし》にもならないと気づいた。考えてみたら、よくも今までこんな脅《おど》し文句が効いたものだというぐらい、脅し文句としてはお粗《そ》末《まつ》だ。案の定、賢吾は鼻を鳴らして嘲笑《あざわら》う。

「何だそりゃ。ガキの喧嘩じゃあるまいし、馬鹿《ばか》じゃねえの」

賢吾のその言葉に反応したのは、佐知でも史でもなく、いつの間にか後ろからついてきていた組員達だった。

「おお……」

感嘆《かんたん》なのか恐怖《きょうふ》なのかよく分からない声を出し、組員達がひそひそと囁《ささや》き始める。

「聞いたか？　あの若が佐知さんに嫌いになるって言われて鼻で笑ったぞ？」

「俺、若の記憶喪失《きおくそうしつ》は仕事を補佐に押しつけて佐知さんとエロいことするための嘘だと思ってたんだけど……」

「だよなあ。俺も、若に限って佐知さんを忘れるなんてないと思ってたわ」

「馬鹿言うなよ。お前ら、病院での護衛の仕事に行ってないからそんなことが——」

「うるせえ!!」

「ひぃぃぃ、すみませんっ!!」

びりびりと空気を震《ふる》わせるような怒声《どせい》に、組員達が竦《すく》み上がる。史も小走りで佐知に抱《だ》きついてきたから、佐知は史を抱き上げてぽんぽんと背中を叩き、賢吾に呆《あき》れ顔を向けた。

「急に大きな声を出したら、史がびっくりするだろう？　やくざが子供を威嚇《いかく》するなんてみっともないことをするなよ」

「はあ？　別に史を威嚇してねえだろうが。こいつらが——」

「そうだな。お前達も悪い。全員反省しろ」

佐知がじろりと組員達に視線を向けると、組員達がびしっと音が聞こえそうなぐらいに背筋を伸《の》ばして整列する。

「はい！　すみませんでした！」

「図体《ずうたい》のでかいのがこんなところに集まってたって邪魔《じゃま》なだけだから、全員仕事に戻れ。あと、エロいって言ったやつは後で伊勢崎から話があるから」

子供の前で何てことを言うのか。

「俺ですか？」

伊勢崎が面倒《めんどう》そうな顔をしたが無視をした。それぐらいはやってくれても罰《ばち》は当たらない。組員の教育は若頭補佐《わかがしらほさ》の役目だ。

「分かったら全員解散」

「はい！」

佐知の号令と同時に、組員達が散り散りに去っていく。ああは言っても、全員賢吾のことを心配してくれていたのだ。後でサンドイッチでも差し入れしておこう。

「……やけにてめぇの言うことを聞くじゃねぇか」

賢吾がちっと舌打ちをする。

「今のむやみに怒鳴りつけるお前と違《ちが》って、俺は人望があるからな。ほら、仕事がしたいんだろ？　お前の部屋に布団《ふとん》が敷《し》いてあるから、布団で寝ながら書類見るぐらいにしとけよ」

「てめえに指図される筋合いは——」

「お前が帰りたいって駄々《だだ》捏《こ》ねて帰ってきたんだろ？　その時に田代と何て約束した？」

「……家でならおとなしくする」

「お前って、男に二言があるタイプなの？　嘘《うそ》つきなの？　約束守れないの？　だったらすぐに田代に告げ口するけど」

本当は賢吾が駄々を捏ねなくても退院することになっていたのだが、それを知ればすぐにでも好き勝手しかねないので、田代にも口裏合わせを頼《たの》んでいる。

「ちっ……」

賢吾はまた舌打ちをして、それから無言で去っていった。方向を見るに、一応言いつけを守るつもりはあるらしい。

もう眉間《みけん》の皺《しわ》も見慣れたが、あんなにずっと怒《おこ》っていて疲《つか》れないのだろうか。視線で伊勢崎に賢吾のことを頼んで、去っていく二人の背中を見送ってから、佐知はよいしょと史を降ろした。

「ぱぱ、ごきげんわるいの？」

「うーん、あちこち痛いだろうし、史を抱っこするのは無理かもなあ」

嘘は吐《つ》いていない。涼《すず》しい顔をしてはいるが、かなり痛いはずなのだ。たとえ賢吾が記憶を無くしていなかったとしても、史を抱き上げるのは無理だっただろう。

「そっか、ぱぱ、けがしたんだもんね。いっぱいいたい？」

「そうだな。肩《かた》と胸と頭は特に痛いみたいだ。早く治るといいな」

「……うん。ねえ、さち……ぱぱとさち、けんかしてる？」

やはり史は聡《さと》い。佐知と賢吾の間に流れるいつもと違う空気を、この短時間で察知してしまっている。

「あのな、史」

佐知は膝《ひざ》をついて、目線を史と合わせた。少しうるっとしてしまっている瞳が、心配そうに佐知を見ている。

どう言葉にしようかと少しだけ考えたが、どう取り繕《つくろ》ったところで現状は誤魔化《ごまか》しようがない。これ以上混乱させるよりも、全部正直に話そうと決めた。

「パパは今、俺のことを忘れちゃってるんだ」

「……わすれてる？　ぼくのことも？」

「ううん。俺のことだけ、忘れてる。だから、喧嘩《けんか》してる訳じゃなくて、パパは俺のことを家族だと思ってないんだ。でも、俺はこれからもちゃんとここにいる。それは絶対だから」

佐知が賢吾の籍《せき》に入る以前、家族ではない佐知はいつかいなくなってしまうのかも、と史を悩《なや》ませてしまったことがある。同じ思いをさせないために、まずはそれを明確にしておかなければと佐知は思った。

「ぱぱ、すぐにおもいだす？」

「分からない。ずっと思い出さないかもしれないし……でも、明日急に思い出すかもしれない」

自分の言葉にどきりとして、慌《あわ》てて言葉を付け足した。聡い史に気を遣《つか》わせたくなかったからで、それ以外の意図はないつもりだったが、自分でも驚くほど語尾《ごび》が弱くなる。

だが佐知の心配をよそに史はわりとすんなり頷《うなず》いて、「そっか」と笑顔《えがお》を見せた。

「史？」

「そっかそっか……ぱぱはさちをわすれてるから、いまはからっぽなんだね」

史の言葉が予想外で、佐知は思わずぽかんとした顔を晒《さら》す。

「からっぽ……？　いや、パパは俺のこと以外はちゃんと覚えてるから、からっぽなんかじゃないぞ？」

説明が悪かったのだろうか。何とか誤解を解こうとしたが、史はううんと首を振《ふ》った。

「だってぱぱがまえにいってたよ？　ぱぱのあたまのなかはさちとのおもいででいっぱいなんだぞって。そのさちとのおもいでをわすれちゃったってことは、ぱぱのあたまのなか、からっぽになっちゃったってことでしょ？」

「賢吾が、そんなことを……？」

子供相手に何を言っているんだ。そう笑いたい気持ちとまた別の気持ちが、頭の中をぐるぐるする。

「さちは、さちのことわすれちゃったぱぱのことときらい？」

「いや、大好き」

これが、佐知の嘘偽《うそいつわ》りのない気持ちだった。

もしかしたら、佐知と同じ状況《じょうきょう》で、自分を忘れた人はもう別の人だから愛せない、という人もいるかもしれない。それを否定するつもりはない。けれど佐知は、たとえ賢吾が佐知のことを忘れても、賢吾の中には佐知が愛した賢吾がちゃんと存在していると思っている。

ふとした時に笑った表情が同じだ。……直後に笑った自分に舌打ちしていたけど。

佐知のことを嫌《きら》っているくせに、今日も車から降りる時に躓《つまず》いたら支えてくれた。……その後、舌打ちしてたけど。

今さっき史に冷たくした時だって、賢吾の表情には戸惑《とまど》いがあった。きっと何か理由があるはずなのだ。賢吾は理由もなしに子供に冷たくできるような人間ではない。

「でもさ、パパが俺のことを思い出したらとりあえずぶん殴《なぐ》ろうと思ってるんだけど、これは内緒《ないしょ》な？」

「ふふ、だってむかつくもんねえ？」

「そうだよなあ、むかつくよなあ」

史と顔を見合わせて笑う。ここにも一人、佐知を応援《おうえん》してくれている人がいる。

「ぼくもね、ぱぱのことちゃんとぺちんってしてあげるからね？」

「ああ、頼むよ」

史をぎゅっと抱きしめると、史もぎゅっと佐知を抱きしめ返してくれた。

「ぱぱがおもいだすまで、ぼくがさちのことまもるからね？」

「それは、心強いな」

史の言葉は、佐知の心を温かくする。母親を亡《な》くし、それまで会ったこともなかった賢吾に引き取られた当時の史のことが頭に浮《う》かんだ。今の史には、愛される余裕《よゆう》がある。だからこれもまた、賢吾が佐知に与《あた》えた環境《かんきょう》の一つなのだ。

「ぱぱとぼく、おとことおとこのやくそくしたんだよ？　ぱぱがまもれないときは、ぼくがさちをまもるって。ぱぱのぶんまでぼくがさちをだいすきだから、だいじょうぶだからね？」

佐知は史の背中をぽんぽんと叩《たた》き、「ありがとう」と言う。そして、心の中で賢吾のことを詰《なじ》る。史に何言ってんだよ、馬鹿《ばか》。

どんな顔でその言葉を言ったのか、想像がついてしまう。その表情を今目の前で見られないことが悔《くや》しかった。


田代に指定された店に待ち合わせ時間の五分前に到着《とうちゃく》すると、すでに席についていた田代がこちらに気づいて手を上げた。

「こっちこっち」

「もしかして待たせちゃったか？　ごめんな？」

「いやいや。思ったより買い物が早く済んじゃっただけだから、気にすんなって」

田代の隣《となり》の席には、大量のショップバッグが載《の》せられていて、佐知は「すごい量だな」と驚《おどろ》きながら、田代の正面の席に腰掛《こしか》ける。

「嫁《よめ》がさあ、お義母《かあ》さんに似合いそうな服を探してこいって言うんだけど、俺あんまりそういうの分かんないから、気がついたら手当たり次第《しだい》買っちゃってて」

「分からないのに手当たり次第買ったのか？」

「何か、どれも全部お義母さんに似合いそうな気がしてきちゃってさ」

「はは、田代らしいな」

田代は、大学時代から優《やさ》しい性質の男だった。皆《みんな》の好みが分からないからと、コンビニで差し入れのジュースを全種類買ってきてくれるような。きっと姑《しゅうとめ》との関係も良好に違《ちが》いない。

「……って、俺のことはいいんだよ。休日とはいえ、やることがいっぱいあるだろうに、急に呼び出してごめんな？　どうしても、東雲さんがどんな様子か気になっちゃってさ」

「いや、こっちこそ世話になったのに連絡《れんらく》もしないでごめん」

佐知が頭を下げると、田代は店のメニュー表を佐知のほうに向けてにやっとした。

「大丈夫《だいじょうぶ》大丈夫。お礼はここの支払《しはら》いでいいから」

「え、ああ、それはもちろん――」

「冗談《じょうだん》だってば。どうせお前のことだから、東雲さんのことで手《て》一杯《いっぱい》になってまともなもん食べてないんじゃないかなと思って、この店にしてみました。お前、鰻《うなぎ》好きだったよな？」

田代に待ち合わせ場所に指定されたのは、うな重が有名な老舗《しにせ》の鰻専門店だった。値段はそれなりにするが、一度ここのうな重を食べたらもう他《ほか》では食べられないと言われるほどで、佐知もこの店のうな重が大好きだ。

「覚えててくれたのか」

「そりゃあねえ。研修医時代、睡眠《すいみん》不足で死にそうになってた俺達に、誰《だれ》かがここのうな重を差し入れしてくれたことがあっただろ？　あの時のお前の恍惚《こうこつ》とした顔、今でも昨日のことみたいに思い出せるぞ？」

「……頼《たの》むから忘れてくれ」

あの時のことは佐知も覚えている。とにかくお腹《なか》が空《す》いていたし、その上好物だった。恍惚としていたかどうかは知らないが、あまりの美味《おい》しさに泣いてしまいそうになるぐらいには美味しかった。

「とにかく、先に注文しとこうぜ」

田代は手を上げ、近づいてきた店員に注文を伝える。そして店員が立ち去るのを待ちかねたように口火を切った。

「で？　東雲さんの様子はどう？　ちょっとぐらい思い出したりしたか？」

「いや、全然。フリーズはしょっちゅうしてるけど」

住み慣れた家に帰って元の生活に戻《もど》れば、もしかしたら記憶《きおく》が戻るんじゃないかと期待したが、現実はそんなには甘くなかった。

今までのように三人で食卓《しょくたく》を囲むことに賢吾は文句を言わなかったが、やはり違和感《いわかん》はあるのか、史との関係までぎくしゃくしてしまっている。

このままではいけないと思い、賢吾の記憶の中の生活に近づけるため、何度か賢吾に『史と二人でどんな風に生活してたんだ？』と聞いてみたのだが、そうすると賢吾はフリーズしてしまうのだ。はっきり言ってお手上げである。

「ああ、やっぱりそうかあ。どうしたって、東雲さんの記憶には雨宮がかかわってくるんだろうなあ。俺、そんなお節介《せっかい》じゃないつもりだったんだけどさ、東雲さんがほんとにお前のこと大好きだったの知ってるから――」

「え!?　い、いやいやいやいやっ、何でお前がそんなこと知ってるんだよ！」

思わず立ち上がって大声を出したが、すぐに周囲の視線に気づいて頭を下げて座り直す。

賢吾と田代に付き合いがあったのは知っているが、賢吾と田代がどんな関係だったかまでは詳《くわ》しく聞いていない。賢吾は恋愛《れんあい》相談などするタイプではないはずだが、何だか恥《は》ずかしくなってきた。

「お、お前と賢吾の付き合いってそんなに長いの？」

今度はひそひそ声で話しかけると、田代は「お前が実家継《つ》ぐって言って大学病院を辞《や》めるまでかなあ」とあっさり白状した。

「そ、そんなに？」

「そう。定期的に連絡が来て、やれ佐知は元気にしてるか、変なやつらに目をつけられてねえか、ちゃんと飯は食ってるかって、お前は田舎《いなか》の母ちゃんかよ、ってぐらい雨宮のことを心配してたよ？」

「か、母ちゃん？」

賢吾が佐知の医大生時代に、恩師の里谷《さとや》に佐知のことを守ってくれと頼んでいたことは、京都での同窓会の時に聞いたが、まさか田代にまで……？

「あ、誤解すんなよ？　時々お前の写真を送ってたぐらいで、お前のことを何でもかんでも話したりはしてないからな？　俺だってお前との友情を大事にしてたんだから」

　どんな写真を送っていたのか知りたくなったが、あえて知らないほうがいい気もした。賢吾のやつ、田代にそんなことをさせていたのか。

　いつもなら腹を立てているところだが、今は賢吾がいつだって佐知のことを考えていた証明のように思えて、怒《おこ》るに怒れなかった。手持ち無沙汰《ぶさた》に水を飲んで誤魔化《ごまか》す。

「最初は俺、ほんとに東雲さんのことが怖《こわ》くてさあ……まあ、今も怖いのは怖いんだけど、それは置いといて……何で俺になんか構ってくるのかなあと思ったんだけど、東雲さんっていつだって雨宮のことばっかなんだよ。そしたら何か、すっごい怖いのに可愛《かわい》く思えてきたりしてさ。あ、違うからな？　そういう意味の可愛いじゃないからな⁉」

「分かってるって」

　田代があまりに必死な形相をするから、佐知はつい笑ってしまう。あんなにいかつい顔をした男を可愛いと思うのは、世界広しといえども佐知ぐらいのものだ。嫉妬《しっと》深《ぶか》い佐知ではあるが、さすがにそれぐらいで悋気《りんき》を起こしたりは……ちょっとだけしかしない。

「ほんとにあの人、雨宮のことが大好きなんだよ。さすがにあの頃《ころ》は、お前らがどうこうなるとは思ってなかったけど、東雲さんがちょっとぐらい雨宮に優しくしてもらえればいいのにな、って俺が思っちゃうぐらい」

「……そんなに？」

「あの人、お前の話をする時に、たぶん無意識なんだろうけど目元がふっと緩《ゆる》むっていうか、柔《やわ》らかい雰囲気《ふんいき》になるんだ。俺、見てて時々いたたまれなくなってさ。見ちゃいけないものを見てるみたいな気がして」

ああ、分かる、と思った。佐知と視線が合った時、賢吾の目元は大抵《たいてい》柔らかく撓《たわ》んだ。その目で見つめられると、自分がすごく貴重なもののように思えてしまうぐらい、甘く綻《ほころ》ぶその表情が思い浮かぶ。

「……雨宮も、東雲さんのこと大好きなんだな」

「え？」

「今お前も、その時の東雲さんと同じような表情してた」

「え⁉」

ぱっと顔を隠《かく》す。手に触《ふ》れた頬《ほお》が熱い。あんなに甘い表情をしていた自覚はまったくなかった。

「はは、何かほっとした。東雲さんの純愛、ちゃんと雨宮に届いてるんだな。雨宮ってちょっと流されやすいところがあるから、もしかして東雲さんの気持ちに流されちゃったりしたのかな？　って思ったりしたけど、お前もちゃんと恋《こい》してるんだ」

「や、やめろよ恥ずかしいからっ」

いい年をして、『恋』と改めて言葉にされるのはひどく恥ずかしい。指の間からちらりと田代に視線を向け、「頼むから」と懇願《こんがん》した。

「失礼します、うな重二人前、お待たせいたしました」

ちょうどいいタイミングでうな重が運ばれてくる。佐知はこほんと咳払《せきばら》いをして、「さ、さあ、食べよう！　いっぱい食べよう！」と箸《はし》を割ってうな重を口に頬張った。

「お前、ハムスターみたいになってるぞ」

田代にうししと笑われたが、佐知は顔を上げられないまま口の中の鰻を咀嚼《そしゃく》する。骨が分からないぐらいに柔らかい鰻が口の中でほろりと蕩《とろ》け、美味しさが口に広がっているはずなのに、恥ずかしさでその味が分からない。

「肝《きも》は据《す》わってるくせに、そういう反応は可愛いままってずるくない？」

「か、可愛くないっ」

佐知が反論すると、田代は佐知の反応にまた笑って、それから「いただきまーす」と自分もうな重に箸をつける。

「俺さあ、実は雨宮が初恋だったんだよねえ」

「ぶふぉっ！」

口の中のものを噴《ふ》き出しそうになったのを、ぎりぎりで堪《こら》えた自分を褒《ほ》めたい。何だそれ、初耳だ。

「でも東雲さんと話してると、本当の恋ってこういうのなんだなって思って、俺もそういう恋をしてみたいなって、あの頃ちょっと憧《あこが》れてたところがあったからさ」

目を白黒させる佐知とは対照的に、田代は涼《すず》しい顔で鰻を口に入れ、「うん、美味《うま》い」と頷《うなず》いてから続けた。

「東雲さんの記憶が戻るといいな」

「……うん、ありがとう」

今度はからかいではなく、田代の心からの言葉だった。佐知が顔を上げてお礼を言うと、さっきとは逆に田代が照れた顔を上げないままで「ちゃんと味わって食べろよ」と言う。

箸で切れるほど柔らかい鰻《うなぎ》を口に入れる。今度はちゃんと口の中に旨味《うまみ》が広がって、佐知の口元がほんのりと緩んだ。

「美味しい」

「はは、恍惚《こうこつ》の表情いただきましたー」

そうして二人はお腹いっぱい鰻を食べ、思い出話に花を咲《さ》かせる。自分ではいつも通りのつもりだったけれど、やはり記憶のない賢吾との生活で気が張っていたようで、久しぶりにくだらない話ができて、肩《かた》の力がふっと抜《ぬ》けて楽になった気がした。

「今日はほんとにありがとな、雨宮」

「それはこっちの台詞《せりふ》だよ」

支払《しはら》いは佐知がするつもりだったのに、結局は田代の奢《おご》りになった。

「結婚《けっこん》祝いをまだしてないから、祝儀《しゅうぎ》と思って奢られとけよ」

友達って本当にありがたい。でも田代との今も、賢吾が繋《つな》いだものの一つなのかもしれない。

そう思った。


「ただいまあ」

田代と話し込んでいたら、すっかり遅《おそ》くなってしまった。慌《あわ》てて夕飯の買い物をして東雲邸《てい》に帰りつくと、何故《なぜ》か玄関先《げんかんさき》には賢吾がいた。

「ちっ」

人の顔を見るなり舌打ちをする賢吾を、組員達が遠巻きにしている。やたらと機嫌《きげん》が悪そうだが、こんなところで何をしているのだろう。

「さ、佐知さん！　やっと帰ってきた！」

「な、何だよ、何かあったの？」

佐知に気づくなり駆《か》け寄ってきた組員達は、今にも泣き出しそうな顔をしていた。賢吾が東雲組に戻《もど》って以降、組員は常に賢吾の八つ当たりに耐《た》えている状況《じょうきょう》だ。きっと今回もそうなのだろうと、佐知は飛びつかんばかりの組員を押しとどめながら賢吾を見る。

「賢吾、お前何やったの？」

「何で、俺が何かした前提なんだ」

「さ、佐知さん、違《ちが》うんです！　若は佐知さんのことがしんぱ――」

「てめえら、さっさと持ち場に戻れ」

組員は賢吾を庇《かば》おうとしたが、賢吾はそれを冷たく追い払った。何か言いたそうにしながらも、組員がすごすごと立ち去っていく。それを見届けて、賢吾はむっとした顔を佐知に向けてきた。

「てめえ、どこに行ってやがったんだ」

「俺？　俺は田代と会って、帰りに買い物してきただけだけど？」

「田代と？　あいつと何してやがった」

「何してって……」

鰻を食べてきました、とは言えずに佐知は言葉を濁《にご》す。賢吾は家での療養《りょうよう》を強制されている。自分だけ外で美味《おい》しいものを食べていたなんて知ったら怒《おこ》るかもしれない。しまったな、せめてうな重をお持ち帰りしてきてやればよかった、なんて今更《いまさら》思っても後の祭りだ。

「言えねえようなことをしてきたのかよ」

「ちょっとデートしてきただけだって」

あまり話を長引かせるのは得策じゃない。佐知は適当にそう答えて賢吾の横をすり抜け、さっさと居間へと向かう。

「へえ……デート、ね。楽しかったのか？」

佐知の後ろをついてきて、賢吾が尚《なお》も話しかけてくる。自宅で療養中の賢吾は常に退屈《たいくつ》していて、話し相手が欲しいのか、不機嫌な顔をしつつも佐知について回るのが最近の日課だ。

「まあねー、家にいて誰《だれ》かさんの仏頂面《ぶっちょうづら》を見てるよりは、楽しかったかなあ」

冷蔵庫に食材を片付けながらそう答え、佐知は頭の中で今日の夕飯を組み立て始める。ほうれん草が安かったからこれを胡麻和《ごまあ》えにして、味噌汁《みそしる》の具は豆腐《とうふ》と冷凍《れいとう》していたきのこ類、ああ、アオサがあったからあれも入れよう。

「田代なんかのどこがいいんだ」

「んー？　田代はすっごく優《やさ》しい。ちゃんと俺の好きなのを覚えててくれるし、恥《は》ずかしいからいいって言ったのに、すごくサービス精神旺盛《おうせい》でさあ」

あまりに鰻が美味しくて、佐知がちょっと物足りなさを感じていたのがバレてしまい、「せっかくだからおかわりしようぜ」と、もう一人前付き合ってくれたのだ。お陰《かげ》で佐知は今もまだお腹《なか》がいっぱいで、夕飯は賢吾と史の分だけにしようと思っている。

あ、そういえば昨日、吾郎さんが鱧《はも》を持ってきてくれたな。あれを天麩羅《てんぷら》にしようかな。

「恥ずかしくなるようなこと、してたのか？」

「だって田代が、俺の恍惚の表情が見たいとか言ってくるからさあ」

天麩羅にするなら、味噌汁をやめてお吸い物にしようかな。そんなことを考えながらぺろっと言ってしまって、はっとした。危ない危ない。危《あや》うく鰻を食べた話をするとこ――

べきっ、という音が背後から聞こえて、冷蔵庫を閉じて振《ふ》り返る。

「え？　お前、何その顔、どうしたの？」

「別に」

「別にってことないだろ？　何かすごい難しい顔してるぞ？」

この顔は、小学生の頃《ころ》によく見た気がする。ああそうだ、佐知が自分以外の人間と遊んでるのを見つけた時、よくこんな顔をしていた。

「何だよお前、拗《す》ねてんのか？　悪かったよ。田代に、賢吾とも遊んでやってって言っとくよ」

友人を取られたと思ったのかもしれない。佐知は勝手にそう結論づけた後、賢吾の手の中の物に気づいた。

「ああっ！　ちょっと何でそのすりこぎ折っちゃったの!?　今から使うんだけど！」

「折ってない。折れてたんだ」

「嘘《うそ》吐け！　さっきのべきって音、それだろうが！　もう！　お前は自分がゴリラだって自覚持てよ！」

佐知はぷりぷりと怒りながら賢吾の手を掴《つか》み、すりこぎを取り上げて手のひらを怪我《けが》していないか確かめる。

「すりこぎなんか、どうやったら折れるんだよ、まったく。木屑《きくず》が刺《さ》さったりしてないか？」

「なあ、恍惚の表情ってどんなのだ？」

「はあ？　今のお前に見せてやれるのはご立腹の表情だけだよ、馬鹿《ばか》」

ぺちっと賢吾の額を叩《たた》く。いつものクセでやってしまってから、ああ怒り出すかもなと思ったが、意外にも賢吾の反応はなく、今度は「どこまでいったんだよ」と言い出した。

「いや、どこまでって……別にそんなに大したことないって」

　田代の家の最寄《もよ》り駅から近い店で待ち合わせたが、ここからそう遠い訳でもない。だが家で軟禁《なんきん》状態の賢吾からしてみれば、近所であっても羨《うらや》ましいかもしれなかった。賢吾の八つ当たりを受けたくなくて、言葉を濁す。

「乗り換《か》えたのか？」

「え？　ああ、うん、まあ乗り換えたけど」

「……っ」

「でもあれだぞ？　乗り換えたっていっても、待てなかったから乗り換えただけで、別に乗り換えなくてもよかったっていうか……」

　あまり電車が好きではないので、なるべく乗車時間が少なく済むようにしてしまうのは佐知のクセだ。スマホのアプリのお陰で、簡単に到着《とうちゃく》時間が予測できて助かる。

「乗り換えたのは乗り換えたんだろうが。ほんと尻軽《しりがる》だな、てめえ」

「お前ね、言葉のチョイスを間違えてるだろ。足軽？　違うな、フットワークが軽いって言って欲しいんだけど」

「尻軽を尻軽っつって何が悪い」

「だーからーっ、俺は尻軽じゃなくて――」

「くくっ、駄目《だめ》だ……っ、もう我慢《がまん》できない……っ」

佐知と賢吾の口喧嘩《くちげんか》を止めたのは、背後から聞こえた笑い声だった。慌てて振り返ると、開けっ放しの居間の戸口に凭《もた》れて、伊勢崎が拳《こぶし》を口に当てて肩を震《ふる》わせている。

「伊勢崎？」

「ああ、すみません。見事に会話がすれ違っていたので、コントでも見ている気分になってしまって」

伊勢崎にしては珍《めずら》しく、笑いすぎて出た涙《なみだ》を拭《ふ》いている。今の喧嘩の何を見てそんなに笑えるのか。

「若、佐知さんには護衛をつけています。佐知さんは本日、電車を『乗り換えて』田代先生のお宅の最寄り駅にある鰻《うなぎ》専門店で田代先生と待ち合わせをし、『恍惚《こうこつ》の表情』でうな重を食べていた、という報告を先ほど受けました。何か他《ほか》にお聞きになりたいことはありますか？」

「……ない」

「え？　何？　伊勢崎、お前また俺に護衛つけてんの⁉」

恍惚の表情でうな重を食べていたところを組員に見られていたと知り、佐知は羞恥《しゅうち》で顔を真っ赤にしたが、伊勢崎はしれっとした顔で「俺の力不足で轢《ひ》き逃《に》げ犯もまだ見つけられていませんので、諦《あきら》めてください」と言っただけだ。やめてくれるつもりはさらさらないらしい。

だが、轢き逃げ犯がまだ捕《つか》まっていないと言われてしまえば、さすがにやめろとは言えなかった。佐知がもっとしっかりしていれば、轢き逃げ犯を逃がすこともなかったのだ。

「最低限のプライバシーだけは、せめて保証して欲しいんだけど」

「大丈夫《だいじょうぶ》ですよ？　佐知さんは元々分かりやすいので、隠《かく》し事をしたって無駄ですから」

何が大丈夫なのか。

「あ、そう……」

ちっとも答えになっていなかったが、それ以上反論したところで伊勢崎に勝てるはずもない。早々に諦めて、佐知は夕飯の準備に取り掛《か》かることにする。

「若、昨夜見ていただいた報告書の件なんですが――」

キッチンで調理を始めた佐知の背後で、二人が仕事の話を始める。邪魔《じゃま》だから別のところでしてくれればいいのに。広いキッチンだとはいえ、体の大きな男が二人も後ろにいるのは正直やり辛《づら》い。

だが、二人は真剣《しんけん》に話し込んでいる様子で、佐知は文句を我慢し、鱧を天麩羅にする準備を整えていく。

「よし。じゃあ、後は油の準備を……」

衣《ころも》の準備ができたところで、吊戸《つりと》棚《だな》を開け、上段の天麩羅《てんぷら》鍋《なべ》に手を伸《の》ばす。いつもなら踏《ふ》み台を使うのだが、後ろの二人が邪魔で出せない。背伸びをしたら、何とか指先が鍋に触《ふ》れた。天麩羅はそうしょっちゅうしないと思って上段に置いたが、こういう時、あと数センチ身長が高ければよかったのに、と思ってしまう。世の男性にとって、身長は高ければ高いほどいい。今もまだ、身長が伸びる可能性を捨ててはいない佐知だ。

指先で鍋の底を持ち上げ、何とか引っ張り出そうとする。あともうちょっと、というところで隣《となり》の大鍋に持ち手が当たった。あ、と思った次の瞬間《しゅんかん》には、大鍋が佐知目掛けて落ちてくる。

「……っ！」

ぶつかる覚悟《かくご》をして目を瞑《つぶ》る。だが衝撃《しょうげき》はやってこず、その代わり、目を閉じた直後に背後から温かい感触《かんしょく》に包まれた。

「……っ、……っぶねえなあ、怪我したらどうすんだよ」

背後から佐知を包み込んだのは、賢吾だった。片手で押さえた大鍋をもとに戻《もど》し、賢吾は肩《かた》越《ご》しに佐知を覗《のぞ》き込んでくる。

「おい、大丈夫だったか？」

「……っ、あ、ああ、大丈夫」

不意の接触に、胸がどきりとする。今の賢吾にそんなつもりはないと分かっているのに、佐知を心配する賢吾の目は以前と何一つ変わっておらず、愛《いと》おしさに目が潤《うる》みそうになった。

「ああ、びっくりした！　いや、ほんとありがとうなっ」

不自然なぐらいに明るい声を出しながら、さっと賢吾から体を離《はな》す。聞こえるはずはないのに、今ばくばくと音を立てている心臓の音がバレてしまいそうな気がして、レバーを上げて不必要に水をじゃあじゃあと流して手を洗った。

久しぶりに触れた温《ぬく》もりと、ふわりと鼻《び》腔《こう》をくすぐった賢吾の匂《にお》い。

唐突《とうとつ》に、これまでずっと一緒《いっしょ》に生きてきたはずの賢吾がここにいないということを自覚してしまった。賢吾に記《き》憶《おく》がないことはちゃんと分かっていたつもりだが、佐知はもしかしたら故意に考えないようにしていたのかもしれない。……考えてしまったら、怖《こわ》くなるから。

「手が届かねえなら、声をかけりゃいいだろうが」

賢吾の手が、ぽんと佐知の頭を優《やさ》しく叩く。その仕草があまりにも以前の賢吾と同じで、佐知はきゅっと唇《くちびる》を噛《か》みしめた。

「俺だってちゃんと届いたんだよ！　ただちょっと手が滑《すべ》っちゃっただけ！」

「嘘吐け。必死に背伸びしてたくせに痩《や》せ我慢すんな」

「痩せ我慢じゃないし！」

「ほらほら、二人共いい加減にしてください。佐知さん、天麩羅鍋の準備は俺がしておきますので、申し訳ないんですけど俺の部屋へ行って書類を取ってきてもらえませんか？」

「え？　あ、ああ、分かった……っ」

佐知の異変に目敏《めざと》く気づいたらしい伊勢崎が、佐知にここから逃げるきっかけをくれる。佐知はありがたくそのアシストを受け取って、賢吾から顔を逸《そ》らしたまま、なるべくさりげなく見えるように居間から出た。

その直後、伊勢崎と賢吾がこんな会話をしていたことに、佐知は気づかない。

「……っ」

「腕《うで》を上げたら痛くなることぐらい、ちゃんと分かっているはずですよね？　そんなことばかりしていたら、いつまで経《た》っても治りませんよ？　まったく……素直《すなお》じゃありませんね」

「うるせえよ」

……気づいたのは、賢吾に抱《だ》きしめてもらえないという事実だけだった。

何とか気を取り直しての夕飯。いまだお腹《なか》がいっぱいの佐知は、賢吾と史の食事の給仕《きゅうじ》に専念して、史から今日一日の報告を聞く。

「——だから、ぼくとあおとでおいはらってあげたんだよ？」

「へえすごいなあ。女の子を助けてあげるなんて、恰好《かっこ》いいな、史」

「えへへ」

史は照れ笑いをしてから佐知に小鉢《こばち》を差しだした。

「さち、胡麻和《ごまあ》えおかわりしてもいい？」

「お、今日はよく食べるなあ、史」

胡麻和えが入っていた小鉢におかわりを入れてやると、それを受け取った史が興奮気味に理由を教えてくれた。

「あのね、きょうあおとがね、いっぱいたべたらおおきくなってきたっていってたの！　だからぼくもいっぱいたべておおきくなる！　そしたらぼくがさちのこといっぱいまもるからね？」

「はは、ありがとう」

「それでね、あおととまおちゃんとこうえんにいったときに――」

史は毎日、今日の出来事をたくさん話してくれる。ただ最近は、賢吾が話さない分、余計に話をしている気がした。

子供に気を遣《つか》わせるなんて大人失格だぞ。黙《だま》ってお吸い物を啜《すす》っている賢吾に視線を向ける。絶対に佐知の非難の視線に気づいているだろうに、賢吾は知らんぷりだ。

「ええっとね、それでね……うーんと……」

どうやら話題が尽《つ》きたらしい。困った顔で、それでも何とか話を続けようとする史に、佐知は笑って「いっぱいご飯食べて大きくなるんだろ？」と食事の続きを促《うなが》した。

「賢吾もさ、今日はすごいことがあったんだよな？」

いきなり話を振《ふ》ると、賢吾が怪訝《けげん》な顔をする。

「……別に、何もなかった」

「いやいやいやいや、あっただろ？　史、今日パパな、俺のこと助けてくれたんだぞ？」

「え？　そうなの？」

「そう。おっきな鍋が俺の頭に降ってきて、このままじゃ俺が危ない！　って時に、パパが颯《さっ》爽《そう》と現れて、そのおっきな鍋から俺を守ってくれたんだ」

「おおおお！　さっすがぱぱ！」

大袈裟《おおげさ》なぐらいに驚《おどろ》いた史が、ぱちぱちぱちぱち！　と拍手《はくしゅ》をする。多分に脚色《きゃくしょく》されたストーリーに賢吾は嫌《いや》そうな顔をしたが、それに構わず佐知は話を続けた。

「やっぱりパパはすごいよなあ、史。すっごく大きい鍋だったんだぞ？　こーーんな大きいの！　それを片手で受け止めて、涼《すず》しい顔して『大丈夫か？』って言うんだもんなあ」

「おい、いい加減な――」

「さすがだよなあ、史のパパは！」

賢吾に口を挟《はさ》ませずに尚《なお》も佐知が賢吾を絶賛すると、史がきらきらした目を賢吾に向けた。

「ぱぱ、すごいね！　かっこいいね！」

「……お、おう」

　史にとって賢吾はパパであり、同時にスーパーヒーローでもある。以前は、賢吾がわざと大袈裟にこんなことがあったと冒険譚《ぼうけんたん》っぽく話したりしていたのだ。

「ぼく、はやくぱぱみたいになりたいから、いっぱいたべてはやくおっきくなるね！」

おかわり！　という史の元気な声が居間に響《ひび》き、久々に賑《にぎ》やかになった食卓《しょくたく》で、賢吾が小さく苦笑《くしょう》したのが目の端《はし》に映った。


「お前さあ、もう少し史に優しくできないのか？」

史が早めに眠《ねむ》りについた後、目を離すと晩酌《ばんしゃく》を始めようとする賢吾を見張るために居間に戻った佐知は、座卓で書類を広げて仕事をしている賢吾の正面に座ってそう切り出した。

手に持っていたお盆《ぼん》を座卓に置き、賢吾にお茶を差し出す。賢吾はそれを受け取ってずずっと啜ってから、珍《めずら》しく眉間《みけん》に皺《しわ》を寄せないままで言った。

「分かっちゃいるが、ガキの相手なんかしたことがねえから、どんな風に相手していいか分かんねえんだよ」

賢吾の言葉に驚いた。史を引き取ってすぐの頃《ころ》から、史の扱《あつか》いは佐知より賢吾のほうがずっと上手だったのに。

子供の相手をしたことがない、という言葉にも引っかかったが、そこはあえて追求しない。史と住んでいたはずだろう？　と問いかければ、きっとまた賢吾はフリーズしてしまう。

脳はそこまで器用にできていない。佐知のことを忘れているからといって、記憶を綺麗《きれい》に繋《つな》ぎ合わせてはくれないのだ。その時その時に合わせて都合がよいようにつぎはぎしているだけだ。おそらく賢吾は、自分の言葉の矛盾《むじゅん》に気づいていない。

「どんな風に、か……たとえば、自分が子供の頃にされて嬉《うれ》しかったことをしてやるとか？」

「ガキの頃のことなんて、全然覚えてねえよ」

「え？　そうなの？」

記憶を無くす前の賢吾は、昔のことをやたら覚えている男だった。佐知も忘れているような過去の出来事を引っ張り出してきてからかわれたりすることもよくあったのだ。

やはり賢吾は、佐知のことを忘れていることによって、記憶の辻褄《つじつま》を合わせにくい部分が曖《あい》昧《まい》になってしまっているらしい。

「……前の俺は、あいつにどんな風に接してたんだ？」

賢吾が、自分から以前の自分のことを聞いてくるのは初めてだ。賢吾なりに史への態度を改めたいと思っているのを感じて、佐知は自分もお茶を一口啜ってから「うーん」と考え始める。

「そうだなあ。とにかく可愛《かわい》がってたけど、怒《おこ》る時はちゃんと怒ってたしなあ。でも怒る時もただ怒鳴《どな》るって訳じゃなくて、史自身に考えさせてたし」

自分で言っていても悲しくなるぐらい具体性がない。ただ賢吾は、どんな時も史に対する愛情が滲《にじ》み出ていて、そんな賢吾だから史も心を開いたのだと思う。

賢吾にはいつも余裕《よゆう》があった。いつでも史を愛せる余裕が。

「あ……」

「何だよ？」

　ふと気づいてしまって、佐知は賢吾を凝視《ぎょうし》する。

「ちょっと聞きたいんだけど……お前って、誰《だれ》かを愛したこと、ある？」

「はあ？」

　賢吾は心底呆《あき》れたみたいな顔をしたが、佐知の心臓はばくばくと主張する。もし具体的に誰かの名前が出てきたらどうしよう。

「た、たとえば、美鈴《みすず》さん……とか？」

　美鈴は東雲組傘下《さんか》の組の組長の娘《むすめ》で、賢吾とは互《たが》いに子供の頃から知る関係だ。幼い頃から賢吾の許嫁《いいなずけ》候補と目されていた人でもある。もし佐知の存在がなかったら、今頃賢吾は美鈴と結婚《けっこん》していたかもしれなかった。

「美鈴？　何で美鈴が出てくんだよ」

「いや、俺が他《ほか》の女性を知らないだけで――」

「いねえよ」

「え？」

「愛ってなんだよ、気持ち悪《わり》ぃな。生きてくのに、そんなもん必要ねえだろ」

　賢吾は不愉快《ふゆかい》そうにそう言って、またずずっとお茶を啜った。

佐知はその言葉にほっとして、それと同時にやっぱりなとも思った。

今の賢吾は佐知のことを愛していない。だが、他の誰のことも愛していない。

考えてみたら当たり前のことなのだ。佐知に関する記憶《きおく》が無くなっただけで、違《ちが》う世界線の賢吾と入れ替《か》わったりした訳ではない。ない袖《そで》は振れない。佐知以外を愛したことのない賢吾には、他の誰も愛せない。たとえ記憶を捻《ね》じ曲げようとしても。

「だから、だったんだな」

「何なんだよお前、さっきから。自分だけ全部分かったみたいな顔しやがって」

「お前は、誰かを愛したことがないから、史をどうやって愛せばいいのか分かんないんだなって」

「…………」

今の賢吾と以前の賢吾の違い。それは佐知を愛しているか、いないか。自信家のように思われるかもしれないが、それは賢吾にとっては大きな違いなのだ。

今頃、伊勢崎が言っていた意味が分かった。

『若は、一番忘れてはいけないものを忘れたんですよ』

賢吾にとって佐知の存在は大きかったんだなあ、と何だかちょっと嬉しくなってしまう。それが自分勝手な感情であることは分かっているが、愛する男の中で自分の存在がどれほど大きかったのかを知る、貴重な機会をもらっている気がした。もちろん、記憶と引き換《か》えにするのは代償《だいしょう》が大きすぎるが。

「何だよ、だからお前を愛せとでも言うのか？」

「言わないよ、そんなこと。誰かに強制されるようなことじゃないだろ？」

「だったら……どうしろってんだよ」

手に持っていた書類を座卓の上に放《ほう》り、賢吾はうんざりした顔をする。

「とりあえず、無視はやめろよ。笑いかけてやらなくてもいいから、ちゃんと話は聞いてやってくれ。それで、お前が思ったことをそのまま言えばいいだろ？」

「くだらねえ、とか？」

「……うん、それは心の中で思うだけにしとこうか」

「お前が言えっつったんだろうが」

「まさか子供の微笑《ほほえ》ましいエピソード聞いて、そんな冷たい台詞《せりふ》が出てくると思わないだろうが！　そもそもお前、会話のキャッチボールって知ってる？　そんなの子供じゃなくても傷つくわ！」

座卓をばしばし叩《たた》いて抗議《こうぎ》すると、賢吾はがしがしと頭を掻《か》いた。

「だから、黙《だま》ってるほうが無難なんだろうが。俺だって別に泣かせたい訳じゃねえよ」

「極端《きょくたん》か」

開き直りのような発言に呆れたが、すぐに何だかおかしくなってくる。

「何で笑ってんだよ」

「いや、馬鹿《ばか》正直でお前らしいなと思って」

「…………」

「口先だけで誤魔化《ごまか》そうとしないんだ？　適当に可愛いなとか言っとけばいいのに」

できる訳がないと知っていて、あえてそう言ってやると、賢吾はふんと鼻を鳴らした。

「ガキのほうが嘘《うそ》に敏感《びんかん》なんだよ」

「ふふ、そうだよな」

賢吾は言いたくないことは言わないけれど、嘘は吐《つ》かない。それは今の賢吾だって同じで、やはり賢吾の本質はちっとも変わっていないと思った。

「お前、気負いすぎなんだよ。ただ史の話を聞いてやって、そうか、って頷《うなず》いてやるだけでも、史は絶対嬉しいんだぞ？」

「……そんなのでいいのか？」

「そう。そしたら史が、楽しい話をたくさんしてくれるから」

佐知は肘《ひじ》をついて賢吾を眺《なが》めながらふふっと笑う。納得《なっとく》がいかなそうに首を傾《かし》げているのが面白《おもしろ》い。史への接し方で悩《なや》む賢吾を見られるなんてレアだ。

「お前も？」

「え？」

「いや、何でもねえ」

声が聞き取れなくて聞き返したら、賢吾は質問自体なかったような顔で書類仕事に戻《もど》ってしまった。何を聞かれたのか気になったが、今夜は珍しく穏《おだ》やかな夜になりそうなので、佐知は追及《ついきゅう》を諦《あきら》め、その代わりに真剣《しんけん》な顔で書類を読む賢吾を眺める。

こうして見ていると、まるでいつもの賢吾のままだ。でも、本当にいつもの賢吾だったら、すぐに佐知の視線に気づいてこう言うはず。

「あんまり見ると、穴が開くぞ」

想像した通りの言葉が、音になって鼓膜《こまく》をくすぐった。虚《きょ》を衝《つ》かれて、佐知が呆然《ぼうぜん》とした顔を向けてしまうと、また予想外のことが起こった。

「何て顔してんだよ」

くしゃっと賢吾の表情が解《ほど》けて破顔した。佐知の胸がきゅうっと苦しくなる。

今すぐ抱《だ》きしめたい。……今は、それをする権利はないのだけれど。


「若、少し様子が変わりましたね」

次の日の夜。佐知がキッチンで夕飯を作っていると、賢吾の代わりに雑事をこなしていた伊勢崎が戻ってくるなりそう言った。

「そうかな？」

賢吾は今日、無理はしないという約束で傘下の組長との会合に出かけていた。伊勢崎より先に戻って、今は史と一緒《いっしょ》に座卓《ざたく》に座ってテレビを見ている。

「まず、史坊《ぼっ》ちゃんに対する気負いが無くなりましたよね」

さすが伊勢崎。まだ部屋に入ってきてほんの数分なのに、気づくのが早い。

以前と同じというには程遠《ほどとお》いが、テレビに映るアニメの内容を一生懸命《いっしょうけんめい》に説明する史相手に相槌《あいづち》を打つ賢吾の姿は、少なくとも昨日までは見られなかった。

「佐知さんが若に何かアドバイスをなさったんですか？」

「話ぐらい聞いてやれって言っただけだよ？」

玉ねぎの皮をぺりぺりと剥《む》いていると、隣《となり》に立った伊勢崎が出しておいた人参《にんじん》の皮を剥き始める。手伝ってくれるのは嬉《うれ》しいが、この男がキッチンに立つ姿はいつ見ても違和感《いわかん》がある。

そのくせ、佐知より料理が上手《うま》いのだ。

こいつ、完璧《かんぺき》すぎて腹立つな。たまには恰好《かっこ》悪いところでも見せればいいのに。

「お二人の関係にも進展があったようで」

「それはないない」

変わったところと言えば、むやみやたらに不機嫌《ふきげん》を振《ふ》り撒《ま》かなくなったことぐらいだ。それでも組員達には泣いて感謝をされたが。

「記憶を無くして一時はどうなるかと思いましたが、思ったほど状況《じょうきょう》が悪くならなくてよかったです」

「お前の想定ではどれぐらい悪かったの？」

「そうですね。佐知さんと出会っていなかった若ですから、手当たり次第《しだい》に女を食い散らかして、それにショックを受けた佐知さんが鬱陶《うっとう》しくめそめそして史坊ちゃんを連れて別居、ぐらいまでは想像しましたね」

「何そのお昼のメロドラマみたいなどろどろした感じ。お前、よくそんなの思いつくね」

皮を剝き終わった玉ねぎを半分に切って苦笑《くしょう》する。

佐知は伊勢崎に、相当面倒《めんど》臭《くさ》い性格だと思われているらしい。まあでも確かに、今の佐知じゃなかったらそうなっていたかも、とは思った。

「佐知さんこそ、よく思いつきませんでしたね。あの若ですよ？　佐知さんがいなかったら、女を食い散らかすに決まっていますよ」

「お前、ちょいちょい賢吾に対して言葉に険があるね。そんなに俺のこと大事にすんなよ、照れちゃうから」

「はあ？　何の話ですか？」

伊勢崎はうんざりした顔をしながら人参をすりおろし始めた。さすがだな。人参嫌《ぎら》いの賢吾のために、最近俺が人参をすりおろしてハンバーグに入れてるのもバレてるのか。

「俺のこと、心配してくれてるんだろ？　ありがとうな」

「……舞桜か」

伊勢崎がぼそっと呟《つぶや》く。聞こえなかったふりをして、佐知は話を続けた。

「でも俺、お前が思ってるより百倍は図太いから。賢吾が女遊び始めたとしても、ここに居座る気満々だし」

「嫉妬《しっと》深《ぶか》い佐知さんに、そんなことができるんですか？」

「馬鹿だなあ、伊勢崎。お前は何にも分かってないね」

佐知はふふっと笑う。たぶん佐知にだけ分かっていることがある。伊勢崎にも、そして今は賢吾にも分からないだろうけれど、佐知にだけはちゃんと分かっていること。それが分かっているから、佐知は今もこうして笑っていられるのだ。

「俺はね、お前が思ってるより全然大丈夫《だいじょうぶ》。賢吾だって、今は戸《と》惑《まど》ってるけどちゃんと慣れる。だから伊勢崎、お前は全然気にすることないよ？」

「俺は別に……」

「俺だって、散々考えたよ？　あの時賢吾が俺のことなんか庇《かば》ったりしなけりゃよかったのに、とか、俺がもっと早く気づいてあいつを突《つ》き飛ばしてりゃよかったのに、とか。でも、どれだけ考えても、あいつは絶対俺を助けちゃう訳。俺がどんなに頭の中であいつを助けようとシミュレーションしたところで、あいつは誰《だれ》よりも早く気づいてなりふり構わず突っ込んできちゃうんだよ」

　とんとんとん、と玉ねぎに切れ目を入れる。この切れ目みたいに、もっとたくさん選択肢《せんたくし》があればよかった。でも、どんなに考えても、佐知には一つの答えしか見えないのだ。

「だって、それが賢吾だからさ」

「…………」

「昨日のここでのことだってそうだろ？　危険を察知して、お前より早く動いて俺を助けてくれた。お前、あいつより早く俺を助けられる自信ある？」

　昨日、賢吾は落ちてくる大鍋《おおなべ》から佐知を助けてくれた。あの時は伊勢崎もすぐそばにいたけれど、それでも佐知を助けたのは賢吾だった。

　佐知の言葉に、人参をすりおろしていた伊勢崎の手が止まる。

「……無理でしょうね」

「だろ？　組員が何人護衛についてても同じだよ。だってあいつ、俺のスーパーヒーローだからさ」

　記憶《きおく》を無くしていてさえそうだったのに、あの時の賢吾が目の前にいて佐知を助けないなんて、どうしたってあり得ないのだ。助けてくれなくていいと、どんなに佐知が望んでも。

「……どんな惚気《のろけ》を聞かされるより、腹が立ちますね」

「あはは、悔《くや》しかったらお前も誰かと恋《こい》しなさいよ」

「佐知さんは、今も、恋をしているんですか？」

「今の俺、もしかしたら生まれて初めて片思いってやつを経験してるんじゃないかって思うんだよね」

「……は？」

佐知は結構真剣に言ったつもりなのに、伊勢崎はちょっと怒《おこ》った顔を佐知に向けてきた。

「ほら、だって俺、考えてみたら子供の頃《ころ》からずっと両思いだった訳だろ？」

「惚気か。もういいです、佐知さんの頭がおめでたいことは十分に分かりました」

「何だよー、ちょっとぐらい聞いてくれてもいいじゃんか」

伊勢崎は、佐知のことを能天気だと思っていることだろう。ほぼほぼ正解である。だって佐知には確信があるから。言わないけど。

わざとらしく頬《ほお》を膨《ふく》らませながら、ざくざくと玉ねぎをみじん切りにする。

「あ、ちょっと待って。この玉ねぎ、すっごい目にしみる」

「ざまあみろですよ。汚《きたな》いんで、鼻水を垂らして切らないでくださいね」

「鼻水じゃないよ！　涙《なみだ》！」

手が離《はな》せない佐知に代わって、伊勢崎がキッチンペーパーで顔を拭《ふ》いてくれた。

「おい」

ぐすぐすと鼻を鳴らしながら顔を拭いてもらっていると、不意に賢吾の声が近くで聞こえてくる。

「お前、こいつを泣かせたのか？」

「ち……ふがっ」

違《ちが》うと声に出そうとしたら、顔にキッチンペーパーを押しつけられる。伊勢崎め、何をするんだと思っている隙《すき》に、佐知を飛び越《こ》えて冷ややかな言葉の応酬《おうしゅう》が始まった。

「もし俺が佐知さんを泣かせたとして、それで若に何かご迷惑《めいわく》をかけましたか？」

「ああ？　こいつは俺の家族なんだろうが」

「俺の先輩《せんぱい》でもあります。それに、今のあなたよりは付き合いは長いですし」

「てめえ、補佐《ほさ》のくせに俺に喧嘩《けんか》売るつもりか？」

「どうして、喧嘩を売ったことになるのか理解できません。これは俺と佐知さんの間のことで、若には何ら関係のないことではないですか？」

「何だと……？」

「ああもう！　ストップ！　やめなさいってば！」

包丁を置いて、二人にレフェリーストップをかける。

「勝手に俺をネタに喧嘩するなよ。泣いてなんかないの、玉ねぎ切ってただけ。伊勢崎も、すぐに喧嘩を買わない」

めっ、と二人を怒る。伊勢崎は「すみません」と全然反省してない顔で一応謝罪の言葉だけ口にしたが、賢吾はむっとした顔をした。

「伊勢崎、てめえはクビだ」

「何言い出してんのお前は」

「だってこいつ、お前に気があるから俺に喧嘩を売ってるんだろうが」

気がある、と言われた瞬間《しゅんかん》、伊勢崎がものすごく嫌《いや》そうな顔をしたのを佐知は見逃《みのが》さなかった。分かるよ伊勢崎、俺だって嫌だわ。

「違う違う。伊勢崎は元々こういうやつなの。お前の記憶の中に、優《やさ》しい伊勢崎なんか存在してるか？　してないだろ？」

「佐知さん、その確信に満ちた聞き方は、さすがに不愉快《ふゆかい》です」

「うるさいよ伊勢崎、お前だって俺に気があるなんて誤解されたままでいたくないだろ？」

伊勢崎が黙《だま》りこむ。大変分かりやすい。そこまで嫌がられると、俺もさすがに不愉快なんですけど。

「別にお前は泣かされてねえんだな？」

「誰に泣かされたって聞かれたら、玉ねぎって答える」

ぺしぺしと切ってる最中だった玉ねぎを叩《たた》いてアピールする。賢吾はちらっと玉ねぎを見て、それからぼそっと言った。

「お前はぷんすか怒ってるぐらいでちょうどいいんだ。調子が狂《くる》うから泣くなよ」

「好きで怒ってるんじゃないんだよ、俺は。そこを勘違《かんちが》いしないで欲しいんだけど」

いつでも怒っているのが普通《ふつう》の状態だと思わないで欲しい。普段は佐知だって穏《おだ》やかに……穏やかに？……まあ、うん、穏やかな時もある、はずだ。

「ねえぱぱ、つづきはじまったよ？」

アニメを見ていた史がとことことやってくる。おそらくいつものクセで賢吾に抱《だ》き上げてもらおうと両手を上げた史が、あ、と気づいて手を下ろそうとしたら、賢吾がごく自然な仕草でそれを抱き上げた。

「続き、見るか」

「うん！」

史はびっくりした顔をしたが、すぐに嬉《うれ》しそうに顔を綻《ほころ》ばせる。ちょっと照れ臭《くさ》そうにしながら、賢吾は史を抱いたまま座卓《ざたく》へと戻《もど》っていった。

「佐知さん、どんな魔法《まほう》を使ったんですか？」

「魔法を使ったとしたら、俺じゃなくて史なんじゃないか？」

史の可愛《かわい》さは凍《こお》った賢吾の心も融《と》かす、なんちゃって。

何にせよ、悪い変化ではないのだから、佐知としては諸手《もろて》を挙げて歓迎《かんげい》したい。

「それよりお前、あんまり賢吾を刺激《しげき》するなよ」

「佐知さんだって、ずっとこのままでいいと思っている訳ではないですよね？」

「怒らせれば思い出すってものでもないだろ？」

「…………」

「気長にやろうよ、伊勢崎」

「立場が逆転していませんか？」

苦い顔をする伊勢崎に声を上げて笑って、佐知は玉ねぎのみじん切りを再開する。

君のお陰《かげ》で賢吾の焦《あせ》った顔が見られたぞ、とほくそ笑《え》みながら。


「あー、お腹空《なかす》いたなあ」

診察《しんさつ》室の壁《かべ》にかかる古い掛《か》け時計を確認《かくにん》して、佐知はぐうと主張する腹を撫《な》でた。

弁当を買いに行った舞桜がまだ帰ってこない。おそらく混《こ》んでいるのだろうなと思いつつ、どこかに煎餅《せんべい》でもないかなと奥の戸棚《とだな》を物色する。

今日は朝からずっと忙《いそが》しかった。近くの小学校で理科の実験中に怪我《けが》をした子供が運ばれてきたりして、気がつけば午前の診察時間を大幅《おおはば》に過ぎていたのだ。

「みたらし団子が食べたいなあ」

思わず、好物の一つを思い出す。賢吾がふらりと医院に現れる時、大抵《たいてい》その手にはみたらし団子の袋《ふくろ》があった。そういえば、賢吾が佐知との記憶を無くしてからは一度も食べていない。

思い出さなければよかったのに、頭に浮《う》かんでしまったばかりにあのあまじょっぱい味が恋しくなった。仕事帰りに寄ってみようかな。でもあそこ、すぐ売り切れちゃうんだよなあ。売り切れ御免《ごめん》のみたらし団子は、午前中に売り切れてしまうことだってざらにある。賢吾はいつも当たり前に買ってきていたが、どんな魔法を使っていたのだろう。

そんなことを考えていると、出入り口のほうでかちゃりと控《ひか》えめな音がした。

「やっと帰ってきた……っ」

これでやっと弁当が食べられる。一刻も早く食べる準備を整えようと、佐知はいそいそとお茶を淹《い》れに向かう。がちゃりと診察室のドアが開く音を聞いて、舞桜に話しかけようと茶筒《ちゃづつ》を手に振《ふ》り返った。

「舞桜もお茶で……」

言葉の先が凍る。

見知らぬ男がそこにいた。舞桜ではない。それを理解した途端《とたん》、ぶわりと体中に鳥肌《とりはだ》が立つ。警戒《けいかい》音を発するように、耳の奥深くでキーンと音が鳴った。

見たことのない顔だ。Tシャツにデニム姿の中肉中背、凡庸《ぼんよう》でどこにでもいそうな特徴《とくちょう》のない顔立ち。だが、感情が抜《ぬ》け落ちたみたいな表情のなさが、佐知の目には異様に映った。

一瞬、互《たが》いの行動を窺《うかが》うような沈黙《ちんもく》があり、先に動いたのは佐知のほうだった。

「この……っ！」

茶筒を投げつけ、男がそれを避《よ》けている間にデスク脇《わき》に置いていたバットを手に持ち、男の鳩尾《みぞおち》に向かって突《つ》き出す。何の躊躇《ちゅうちょ》もなく攻撃《こうげき》ができたのは、相手が手にナイフを持っていたからだ。その時点で決して友好的な態度ではない。

『先手必勝だ。そういう時は絶対に迷うな。迷ったらやられる』

賢吾の声が耳に木霊《こだま》する。そうだ。迷うな。今はこの場を乗り切ることだけを考えろ。相手を怪我させてでも、絶対に自分の身を守る。賢吾と史と生きていくことを決めた時、そう決心したはずだ。

佐知の攻撃を、男はいとも簡単に躱《かわ》す。何かしらの格闘技《かくとうぎ》を習得しているのかもしれない。そうだとしたら、佐知には万に一つの勝ち目もないのではないか。

弱気が頭を過《よ》ぎったが、すぐに頭を振って追い払《はら》う。諦《あきら》めたらそこで終わりだ。絶対に諦めない。もう少ししたら、舞桜が戻ってくるはず。物音と声で異変に気づいて、誰《だれ》かを呼んでくれるかもしれない。

「こっちに来るな！」

バットを突き出したら摑《つか》まれた。焦らずに引き寄せられる力を利用して、そのまま体当たりする。

「ぐ……っ」

扉《とびら》と佐知に挟《はさ》まれて男が怯《ひる》んだ隙に、慌《あわ》てて体を離《はな》して間合いを取った。

「誰だよお前っ、金ならないぞ！」

「金？　はは、そんなもの、お前を連れていけばいくらでも手に入る」

どうやら相手は佐知を誘拐《ゆうかい》するつもりでいるらしい。何となく予想はついていたが、当たって嬉しいものでもない。

賢吾絡《がら》みなのか、そうじゃないのか。轢《ひ》き逃《に》げ事故に関係しているのか、いないのか。何も分からないが、考えている余裕《よゆう》はなかった。とにかく抵抗《ていこう》し続けなければならない。捕《つか》まえられたら終わりだ。

バットを握《にぎ》り直す。絶対に相手から目は逸《そ》らさない。

「はいそうですかってついていくと思うか？」

「生死は問わないって言われてるからな。殺してからゆっくり連れてくから構わないさ。まあ、あんたは綺麗《きれい》な顔をしてるから、ちょっと遊んでからにしようかな」

いやらしい顔でナイフをぺろりと舐《な》めた男の視線に、ぞわりと鳥肌が立つ。この男がどんな遊びを想定しているのかは分からないが、どうせろくな遊びではない。

「そう簡単に殺せると思うなよ？　俺は医者だぞ。急所は知り尽《つ》くしてる」

「奇遇《きぐう》だな。俺も急所には詳《くわ》しいんだ。悶絶《もんぜつ》する美人の姿はそそるだろうな」

「……っ、轢き逃げもお前がやったのか？」

男がかすかに首を傾《かし》げたのを、佐知は見逃さなかった。

「違うのか？」

「いい仕事をする人間というのは、余計な話はしないもんだ」

さっきまでべらべらしゃべっていたくせに。残念だが、この男からこれ以上の情報を引き出すのは無理らしい。

ナイフを持つ男の手に力が入る。獲物《えもの》を捕《と》らえる前の獣《けもの》が狙《ねら》いをつけるように体を少し落とした男に、佐知も身構えた。

こうなったら、駄目元《だめもと》でやるしかない。バットをぎゅっと握り、そう覚悟《かくご》を決めた時だった。

「そこまでだ」

こんな時、佐知を助けてくれるのはいつも同じ人物だ。

……ほんの一瞬《いっしゅん》。ほんの一瞬だけ、それを期待した。だがすぐに声で別人だと分かり、期待がぷしゅりとしぼんで消える。

まるで魔法みたいにふっと現れたのは、伊勢崎だった。驚《おどろ》いた男が慌てて攻撃に入る前に伊勢崎の長い足がひらりと舞って、次の瞬間には男は無様に床《ゆか》に倒《たお》れる。

「やれやれ、久しぶりに走る羽目になりましたよ」

瞬《またた》く間の出来事だった。こう見えて武闘派の一面もある伊勢崎は、赤子の手を捻《ひね》るように簡単に男の意識を奪《うば》った。

「お楽しみのところを邪魔《じゃま》してすみませんね」

少し乱れたスーツの上着を直しながら、伊勢崎は佐知にいつもの人を食ったような笑みを向けてくる。だが額には汗《あせ》が光っていて、相当急いで来てくれたのだと分かった。

「た、助かった……？」

「はい」

伊勢崎に頷《うなず》かれ、佐知はへなへなとその場に頽《くずお》れる。誰かに殺意を向けられることに、慣れるなんて無理だ。むしろ先ほどまでより心臓の音がうるさい。

「佐知さん⁉　大丈夫《だいじょうぶ》ですか⁉」

男をガムテープで拘束《こうそく》し始めた伊勢崎をぼんやりと眺《なが》めていると、舞桜が診察室に飛び込んできた。舞桜の顔を見た途端、白黒だった世界に色がつくように、日常が戻《もど》ってきた気がした。

「舞桜……舞桜が、伊勢崎を呼んでくれたのか？」

「少し離れたところに見たことがない車が止まってて、変だなと思いながら戻ってきたら物騒《ぶっそう》な物音がしてたので」

舞桜はいつものののんびりとした口調に戻って、バットを握る佐知の手を両手で包み込んでくれる。

「もう大丈夫ですよ、佐知さん」

バットを握る手がかたかた震《ふる》えていた。舞桜は優《やさ》しく佐知の手からバットを奪い、そのままぎゅっと抱《だ》きしめてくれる。

「よかったぁ……」

はー、と何もかも吐《は》き出す勢いで息を吐いた。緊張《きんちょう》から解放されると、何だかおかしくなってくる。

「は、はは、やっぱりバットじゃ戦えないわ……」

「だから言ったじゃないですか。佐知さんにバットは向かないって」

無事に男を拘束し終えた伊勢崎が、意識のない男を靴《くつ》先で蹴《け》っ飛ばしてふんと鼻を鳴らす。医院に護身用にバットを置くことにしたと佐知が言った時と同じ顔だ。

「こいつが賢吾を轢き逃げしたのか？」

「……起きてからゆっくり話してもらいますが、おそらく違《ちが》うと思いますね」

「何で分かるんだよ」

まだ男から何も聞いていないのに伊勢崎はやけに自信ありげで、舞桜の腕《うで》から解放された佐知はむっと眉間《みけん》に皺《しわ》を寄せる。こいつ、何か俺に隠《かく》してるな。

「若を轢き逃げした犯人の目星はほとんどついているんです。ただそれを若にお伝えしていないだけで」

「犯人が見つかったのか⁉」

どうして教えてくれなかったんだと佐知が憤《いきどお》れば、舞桜の手にぽんぽんと背中を撫《な》でて宥《なだ》められた。

「今の若に聞いても、事情が分からないんです」

「……どういうことだよ？」

「若は佐知さんとホテルに行った夜、誰かと電話で話しています。どうやらその電話が原因で香港《ほんこん》マフィアに狙われたようなんですが、電話の相手がどうしても分からないんですよ。さりげなく若に聞いてみましたが、その記憶《きおく》にはどうしても佐知さんがかかわってしまうので、フリーズしてしまって先に進めません」

「電話……？」

あの夜、佐知はずっと賢吾と一緒《いっしょ》だったはずだ。賢吾が誰かと電話をするところなんて見ていない……と思いかけたが、何かが記憶に引っかかる。

『……面倒《めんどう》事はごめんだ。他《ほか》を当たれ』

あれは夢の中だったのか、それとも……？

「とにかくこの男を締《し》め上げてみますよ。何か事情を知っているかもしれませんし」

「頼《たの》む」

思い出さなければいけないことも、考えなければいけないこともあるはずだが、今はもう脳がそれを拒否《きょひ》している。これ以上はキャパシティーオーバーだ。

「……このことは、絶対に誰にも言うなよ？」

手の震えを握りしめることで堪《こら》える。これぐらい平気だ。何でもない。

今は、皆《みんな》に余計な心配をかけたくない。賢吾を混乱させたくもない。

「この件は俺が処理しておきます。……今、若が記憶喪失《そうしつ》でよかったかもしれません。記憶があったら今頃《いまごろ》、相手の男を殺しに行っていたはずです。大型動物用の麻酔銃《ますいじゅう》が必要になるところでした」

伊勢崎の言葉を、冗談《じょうだん》だと笑うことはできなかった。実際に賢吾は一度、佐知を誘拐した男を殺そうとしたことがある。

「賢吾が記憶喪失でよかったと思う日が来るとはね」

いつだって佐知のことが一番で、賢吾は擦《す》り傷一つだって見逃してはくれなかった。家具の角にぶつかって肘《ひじ》を擦った時も、雑誌で切った指先の切り傷だって、賢吾にはすぐに見つかった。……それは子供の頃からずっとで、これからも当たり前に続いていくものだと思っていたのに。

今すぐ抱きしめて欲しい。そう願えばいつだって叶《かな》うと、そう思っていたのに。

今は賢吾の温《ぬく》もりが遠い。

その日の夕飯は、伊勢崎に頼んで寿司《すし》の出前を頼んでもらった。仕事が長引いたことにして、佐知は気持ちを落ち着けてから夜遅《おそ》くに帰宅したのだが、もうとっくに寝《ね》てくれていると思っていた賢吾が玄関《げんかん》で待ち受けていて、思わずため息が出そうになる。

「こんな時間まで何やってんの？　いっぱい寝ないと早く治らないんだぞ？」

「何かあったのか？」

「はあ？　ありまくりだよ。どっかの馬鹿《ばか》が生意気に記憶喪失なんてものになって、偉《えら》そうな態度を取ってくるんですけどー」

単刀直入な言葉。どうしてなのかは分からないが、佐知が戻る前から異変に気づいていたらしい。

記憶がないくせに、洞察《どうさつ》力は相変わらずだ。とっさに目を逸《そ》らしてしまったら、余計に目を細められた。

「言え」

顎《あご》を掴《つか》まれる。無理やりに視線を合わされ、覚悟《かくご》を決めて睨《にら》み返した。今の賢吾は、佐知のことを何でも知っている賢吾じゃない。誤魔化《ごまか》すことは容易《たやす》いはずだ。

「しつこいなあ。他に何があるっていうんだよ」

「俺に隠し事をする気か？」

「あのさあ、一万歩ぐらい譲《ゆず》って俺がお前に隠し事をしてたとして、何でそのことをお前に責められなくちゃいけないんだよ」

呆《あき》れ顔を作って、賢吾の手を払《はら》う。

「俺とお前は恋人《こいびと》同士なんだろう？」

「お前の記憶があった頃はな」

佐知の存在を散々否定していたくせに、こんな時ばかり都合よく権利を主張するな。いつもなら軽く流せることが、今は難しい。

こんなことを言いたくはなかったが、今はとにかく一人になりたい。明日になればもう少し気持ちも落ち着いて、上手《うま》く賢吾の追及《ついきゅう》を躱《かわ》せるはずだった。

「記憶のない俺には用がねえなんて、冷てえじゃねえか」

「本当にお前のことがどうでもよかったら、史を連れてとっくにこの家を出てる」

記憶がなくても、賢吾は賢吾だ。どんな賢吾でもそばにいるつもりでいる。だから今もここにいるのだ。そんな風に言われるのは心外だ。

苛立《いらだ》ち紛《まぎ》れに賢吾の脇《わき》を通り抜《ぬ》けて居間に向かう。当然のように賢吾は後ろからついてきて、舌打ちをしそうになった。

「……じゃあ、お前はまだ俺のことを恋人だと思ってるって？」

「……悪いのか？」

いらいらする。どうして放《ほう》っておいてくれないのか。今夜だけでいいのだ。明日になったらちゃんと笑えるはずなのに。

「もしかして、毎晩俺に抱いてもらうのを待ってたってことか？　そりゃあ気づいてやれなくて悪かったな」

「…………」

嘲《あざけ》るような言葉に、佐知は足を止める。それが正解だったからではなく、逆に賢吾にとって自分がいかにイレギュラーな存在だったか気づいたからだ。

「……お前にとって、恋人ってどんな存在なんだ？」

「やりたい時にやる関係だろ」

当然のような顔で賢吾はそう言った。

そうか、これが佐知のことを知らない賢吾なのか。この状況《じょうきょう》で何を考えているのかと伊勢崎に呆れられそうだが、この時佐知の胸を疼《うず》かせたのは、優越《ゆうえつ》感だった。

だって佐知は知っている。

『俺達は恋人同士なんだぞ？　抱《だ》けなくてもそばにいたいのが当たり前だろ？』

賢吾がそう言って、いつだってただ佐知のそばにいたがっていたのを。

佐知の存在が賢吾を変えたのだ。そう思うと、こんな時なのに笑《え》みが浮《う》かんでしまう。賢吾って、本当に可愛《かわい》いやつだな。

苛立ちがすうっと引いていく。こんな時ですら、佐知の心を占《し》めるのはやっぱり賢吾で、何だか笑えてくる。

「何がおかしい」

「何か、これからのお前が楽しみになってきちゃって」

「馬鹿にしてんのか？」

そんなつもりは全然なかった。ただ、きっと馬鹿にされると思って誰《だれ》にも言っていないけれど、佐知には一つ確信していることがあるから。絶対に内緒だけれど。

「青い顔してやがったくせに」

賢吾に腕《うで》を無理やり引っ張られ、ソファに座らされる。

「いったいなあ、何だよいきなり」

「てめえは確かに顔は綺麗《きれい》だからな。前の俺も、まあ趣味《しゅみ》は悪くねえな」

嘲りの笑みを浮かべて、賢吾が伸《の》し掛《か》かってきた。こちらを見下ろす賢吾を見上げ、佐知は目をぱちぱちと瞬《またた》かせる。

「もしかして、俺を抱く気か？」

「期待には応《こた》えねえとな」

どうして急に賢吾がそんな気になったのか、佐知にはさっぱり分からない。ただ、危機感はあまりなかった。

「お前、嫌《いや》がる相手を無理やり抱くような人間じゃないだろ？」

「嫌がるのか？」

問いに問いを返され、少し考える。嫌かと言われれば、嫌ではない。だが、したいかと言われればそれも違《ちが》う。

賢吾を拒否するという選択肢《せんたくし》が、今の佐知にないだけだ。

佐知の返事を待たず、賢吾の指が佐知のシャツのボタンを外していく。露《あら》わになった肌《はだ》に賢吾の手が触《ふ》れて、久しぶりのその感触《かんしょく》に肌がぞくりとしたのは確かだが、ただそれだけだ。

「抱きたいなら抱けばいいけど、今のお前とセックスしたってきっと俺は達《い》けないから、つまんないだけだと思うぞ？」

「俺にはそんなテクがねえって？」

「そうじゃなくて。男の体の繊細《せんさい》さ、舐《な》めんなよ？」

賢吾とのセックスが気持ちいいのは、ただ賢吾にテクニックがあるからという話ではない。月並みな言葉になってしまうかもしれないが、心があって初めて佐知はあそこまでの快感を得られている。

賢吾の視線が、表情が、言葉が、全部愛《いと》おしくて。その全部が佐知の中に染《し》み渡《わた》っていく快感は、きっと感じたものにしか分からないものだ。

自分に触れる手から、切羽詰《せっぱつ》まった欲望は感じない。賢吾が本気で佐知を抱きたいと思っていないことは、顔を見れば分かった。

「こんなの、別に意地になってするようなことじゃないだろ？」

シャツのボタンを全《すべ》て外され、賢吾の視線が佐知の体を這《は》う。ほんの少し緊張《きんちょう》はしたが、その目には相変わらず欲望が宿っていなかったから、佐知は黙《だま》って賢吾の視線に耐《た》えた。

賢吾の指が、佐知の腹を滑《すべ》る。冷たい感触にひくりと腹筋が引き攣《つ》ると、賢吾の眉間《みけん》にくっと皺《しわ》が寄った。

「賢吾……？」

「別に、その気のねえやつを抱くほど盛《さか》ってねえよ」

賢吾が体を起こし、そのついでに佐知の腕を引っ張って起こしてくれる。

「さっさと風呂《ふろ》に入って寝《ね》ろ」

「それを邪魔《じゃま》したのはお前なんだけど。お前のほうこそさっさと寝ろよ？」

「俺はまだ伊勢崎と仕事の話がある」

賢吾はそれだけ言って、愛想《あいそ》なく居間を出ていった。猫《ねこ》のようにふいっと機嫌《きげん》を変えていなくなった賢吾を見送り、佐知は思わず呟《つぶや》く。

「何だったんだ、あいつ」

ソファの背もたれに凭《もた》れかかり、はだけたシャツのボタンを留める。別に何かされたかった訳ではないが、肌を見られたあげくに顔を背《そむ》けられると、さすがにちょっと傷ついた。

「別にあいつ、男が好きな訳じゃないからなあ……」

ここに大きな乳房《ちぶさ》でもあればよかったんだろうか。できもしないことを考えて、ふうっとため息を吐《つ》いた。

しんどい夜、佐知のそばにはいつだって賢吾がいた。

『何て顔してんだよ、佐知』

隣《となり》に座って肩《かた》を抱かれ、そう言って顔を覗《のぞ》き込まれるだけで心は軽くなるのに。

「まあ、負けないけどね」

今は佐知が頑張《がんば》る時なのだ。賢吾がずっと頑張ってくれていたように。

「……佐知さん、若を見かけませんでしたか？」

しばらくぼうっとしてしまっていると、伊勢崎がひょこりと居間に顔を覗かせた。

「え？　さっきまでここにいたけど、伊勢崎と仕事の話があるって出ていったぞ？」

東雲邸《てい》がいくら広いと言っても、行き違うようなことはないはずなのに。佐知が首を傾《かし》げると、伊勢崎が怪訝《けげん》な顔をした。

「俺とですか？」

「もしかして、お前も今帰ってきたとこ？　だったらすぐに——」

「……佐知さん、もしかして若と何かありましたか？」

賢吾に押し倒《たお》されたことが頭に浮かび、佐知は言葉を詰まらせる。

「え？　いや、別に……」

当然、伊勢崎にはすぐに見抜《みぬ》かれ、問い質《ただ》す口調が厳しくなった。

「若と、何があったんですか？」

「ほ、ほんとに大したことじゃないんだけど……」

佐知は仕方なく、頭を掻《か》きながらさっき起きたばかりの出来事をかいつまんで話す。

「──ってことがあったんだけど、賢吾も別に本気で俺をどうこうしようとした訳じゃないし、ほんとにただ虫の居所が悪かっただけだと思うから──」

「佐知さん、今すぐ脱《ぬ》いでください」

「は？」

伊勢崎は、時々話がとんでもない方向に飛ぶ。ついていけない佐知に苛立《いらだ》って、脱いでくださいと言ったくせにすでに伊勢崎の手は佐知のＹシャツに伸びていて、勝手にボタンを外し始めた。

「お、おい！」

男同士で肌を晒《さら》すのが恥《は》ずかしいだなんて言うつもりはないが、いきなり何の説明もなく失礼すぎやしないか。

「ちっ」

あげくに伊勢崎は、勝手に人の裸《はだか》を見ておいて、不愉快《ふゆかい》そうに顔を背けて舌打ちをしてくる。本日二回目だ。どいつもこいつも人の裸を見て顔を背けるな。貧相な体で悪かったな。

いくら何でも扱《あつか》いがひどい。文句を言おうとしたが、それよりも先に伊勢崎が憎々《にくにく》しげに言葉を吐《は》き出した。

「記憶《きおく》を無くしているからと思って油断した……っ！　おい！　今すぐ若を捜《さが》せ！　まだ遠くには行っていないはずだ！」

「は、はい！」

近くにいたらしい組員が伊勢崎の剣幕《けんまく》に驚《おどろ》いて、慌《あわ》てて他《ほか》の組員達に連絡《れんらく》しに走り出す。

「な、何だよ急に」

伊勢崎の豹変《ひょうへん》の理由が分からず、とりあえずボタンを留めようと手を伸ばす。伊勢崎は佐知の手を止め、剝《む》き出しの肌を指差した。

「若があなたの服を脱がせたのは、これを確認《かくにん》するためですよ」

「これ……？」

伊勢崎の指が示した辺りには、赤黒くなり始めたばかりの痣《あざ》があった。……今日、男と争った時にできたものだ。

動転しすぎていて、自分の体にそんな痣ができていることにすら気づいていなかった。賢吾はどうして分かったんだろう。

「佐知さんの帰宅が遅《おそ》い時点で、何かあったことには気づかれていたんでしょう」

「いや、そうだとしても、これを見たからってどうして賢吾を捜す必要が……」

「あなたのこの体を見て、若がいなくなった。導き出される答えは一つじゃないですか？」

「……相手を、捜しに行った……？」

言葉にはしてみたものの、自分では半信半疑だった。記憶があった頃《ころ》の賢吾だったら、間違いなくそうだと佐知も確信できる。だが今の賢吾は、佐知のことを愛している賢吾ではないのだ。

「で、でも……っ、あいつは今記憶もないのに、何で……？」

「そんなの分かりませんよ！　ただ、若ならその痣を見て何があったか類推ぐらいは簡単にできるはずです。ああ、もうまったく！　記憶がない分、思考が読めなくて分かり辛《づら》い！」

伊勢崎は内ポケットから取り出したスマホを操作しながら、苛立ちも露《あら》わに吐き捨てた。

「あの人の能力をもってすれば、もうすでに相手を突《つ》き止めていてもおかしくありません。もしかしたら乗り込もうとしているかも」

「いくら賢吾でも、そんな簡単には――」

「佐知さんの医院の周辺は、うちのシマなんですよ？　あの辺で起きた異変は、若が調べようと思えばすぐに分かります。……もしもし、舞桜か？　そこに若が行かなかったか？」

伊勢崎の電話の相手は舞桜のようで、手短に会話をして通話を切った後、伊勢崎が舌打ちをした。

「ついさっき舞桜のところに連絡があったようです。今日は遅くまで仕事が大変だったらしいなと労《ねぎら》われたので適当に話を合わせておいたと言っていましたが、おそらく若のことですから、舞桜の態度から嘘《うそ》を見抜いたと思います。とにかく行きましょう」

「どこへ？」

「今日、雨宮医院に乗り込んできたのはうちと敵対している組織でした。若が事故に遭《あ》ったことを知って、この機に復讐《ふくしゅう》を目論《もくろ》んだようです」

「轢《ひ》き逃《に》げとは関係なかったのか？」

「はい。若を東雲邸に閉じ込めていたことで、今にも死にそうなぐらいの重傷だと勘違《かんちが》いしたようですね。この機に潰《つぶ》してしまってもいいぐらいですが、今若が乗り込んだら警察沙《ざ》汰《た》になります。早くとっ捕《つか》まえて来ないと。おい！　車を回せ！」

伊勢崎にせっつかれ、慌てて車に乗り込んで賢吾を捜す。それでも尚《なお》、佐知は伊勢崎の立てた仮説に懐疑《かいぎ》的だった。……賢吾を見つけるまでは。

「あ、いた！」

あわや、もう相手の組事務所のすぐそこ、というところで賢吾を発見して、佐知と伊勢崎は車から飛び降りる勢いで賢吾を追いかけた。

「賢吾！」

「ちっ！」

佐知に気づくなり賢吾が舌打ちをする。

どうやら伊勢崎の心配が当たっていたらしいと分かったのは、賢吾の手に木刀が握《にぎ》られていたからだ。浴衣《ゆかた》姿のお陰《かげ》で、頑張ればコスプレに見えないこともないが、あの人相の悪さでよくもここまで通報されなかったものだ。真夜中で人通りが少なくて助かった。

「お前、そんなもん持ってどこ行くつもりだよ！　馬鹿《ばか》か！」

　どこの組の若頭《わかがしら》が、木刀一本で敵対組織に乗り込んでいくのか。無謀《むぼう》にもほどがある。賢吾が強いのは重々承知だが、それにしても賢吾らしくない。

「てめえを傷つけたのはあそこのやつらだろうが」

「だからって何しようとしてんだよこの馬鹿！」

「馬鹿馬鹿うるせえな！」

「馬鹿に馬鹿って言って何が悪いんだよ馬鹿！」

　賢吾の胸倉《むなぐら》を摑《つか》むと、鎖骨《さこつ》のヒビに響《ひび》いたのか賢吾が顔を顰《しか》めたが、今は止めるほうが先だ。むしろ痛みを理由に諦《あきら》めてくれるならそのほうがよかった。

「痛いくせに痩《や》せ我慢《がまん》しやがって！　とっとと帰るぞ！」

「あいつらをぶち殺すまでは帰らねえ」

「ふざけんなよ！　記憶もないくせに、こんな時ばっかり何でいつも通りなんだよお前は！」

　佐知の言葉に賢吾の表情が変わり、胸倉を摑み返してくる。

「いつも通りなんて言われても知らねえよ！　前のことなんか何にもな！　てめえが望んでる俺になんかなれねえんだよ！」

「俺は別に何も望んでない！」

「嘘吐《つ》け！　このまま俺の記憶が戻《もど》らなけりゃ、史連れてとんずらしようとしてやがるくせに！」

「何だと！」

あまりに腹が立って、思いっきり賢吾を殴《なぐ》りつけた。拳《こぶし》がじんと痛んだが、言われた言葉のほうがずっと痛い。

俺の一生分の純情を踏《ふ》みにじりやがって。絶対に許さない。

「よくも殴ったな！」

「親父《おやじ》にも殴られたことないのに！　てか!?　ふざけんな、お前は死ぬほど殴られてただろうが！　初めてみたいな顔すんな！」

「そんな顔してねえだろうが！」

「してたんだよ馬鹿！」

売り言葉に買い言葉。路上でこんな風に大喧嘩《おおげんか》をしたのは初めてだ。通りすがりの人がちらちらとこちらに視線を向けながら通り過ぎていく。だがそんなの知ったことか。

「今の言葉を取り消せ！」

「どの言葉か分かんねえな！」

「俺が史連れてとんずらしようとしてるって言ったのを取り消せって言ってんだよ！」

賢吾の胸倉を摑んで揺《ゆ》さぶる。今は鎖骨のヒビが折れようがあばら骨が痛もうが知るかという気分だった。

「うるせえ！　てめえなんかがいるからおかしくなるんだろうが！　最初っからてめえなんかいなけりゃよかったんだ!!」

「……っ!!」

腹が立ちすぎて、言葉が出てこない。だが同時に、賢吾の言っていることは正論だとも思った。佐知さえいなければ、賢吾がこんなに苦しむこともなかった。欠けたものに気づかぬまま生きていけたのだ。

「てめえの顔なんか二度と見たくねえ！」

「上等だよ!!」

胸倉を摑んで睨《にら》み合う。腹が立って腹が立って、視線で殺せるならとうに賢吾は死んでいるだろうというぐらいには腹が立っていた。

……その時だ。

「留守にしている間に、面白《おもしろ》いことになっているようだな」

聞き覚えのある声に驚《おどろ》いて、賢吾の胸倉を摑んだまま声の主を探して振《ふ》り返る。

「貴様がいらぬなら私がもらっていこう」

「え？　あれ？　ジーノ？」

そこにいたのは史の伯父《おじ》、ジーノ・ビスコンティだった。ジーノの隣《となり》には恋人《こいびと》の優《ゆう》もいて、佐知は一瞬《いっしゅん》状況《じょうきょう》も忘れて「優さん、久しぶり」と声をかける。

「てめえ、何しに来やがった」

誰《だれ》だ、とは聞かなかったから、賢吾はジーノのこともちゃんと覚えているらしい。余裕《よゆう》のない賢吾にジーノは眉《まゆ》を上げる仕草を見せたが、近くにいた伊勢崎がジーノに近づき、何やらひそひそと言葉を交《か》わすと、すぐに心得たように頷《うなず》いた。

「なるほどな。それはそれは可哀想《かわいそう》なことだ」

今日も三《み》つ揃《ぞろ》いのスーツをいやみなぐらい完璧《かんぺき》に着こなしているジーノは、ちっとも心の籠《こも》っていない表情でそう言って、佐知に向かって手を伸《の》ばす。

「佐知、来なさい。君も、そうしたほうがいいのは分かっているだろう？」

暗に、頭を冷やせ、と言われている気がした。どの道、ここまで大喧嘩しておいて、仲良くおてて繋《つな》いで帰りましょう、という訳にはいかない。

「佐知さん、サラも会いたがっているんで、ちょっとだけ遊んでいかない？」

恋人である優の手前、ジーノの手を取るのは気が引けたが、優はジーノの後押しをするように佐知に笑いかけてくる。

史を東雲組に預けると決めた後、もう自分には守るべきものは何もないと思っていたジーノを変えたのが、優と、優の姪《めい》のサラだった。

二人を大切に思いすぎて一度は手放そうとしたジーノを、『無理やり首根っこ掴んで自分のものにしちゃった』と優は冗談《じょうだん》交じりによく言うが、そのおかげでジーノはすっかり変わった。今ではあの冷徹《れいてつ》な男はどこへ行ったのかと思うほどの情熱家だ。

初めて会った時は長い前髪《まえがみ》で隠《かく》してあったが、今は優の美貌《びぼう》を隠すものは何もない。おそらくジーノが選んだのであろうセンスある服に身を包んだ姿は、まるで一流モデルのようですらあるが、優は元セキュリティーポリスで、賢吾を組み伏《ふ》せるほどの強さである。

「佐知」

ジーノがもう一度佐知の名を呼ぶ。

今のまま、賢吾と喧嘩を続けても不毛だ。佐知は賢吾の胸倉から手を離《はな》し、代わりにジーノの手をそっと取った。

「おい、てめえまさか、そいつについていく気じゃねえだろうな」

賢吾の手が佐知の手を取り返そうとしたが、それより先にジーノの手がぐっと佐知を引き寄せる。

「貴様はいらぬのだろう？」

「……っ、俺がいらなくても、史には必要だ」

「ははは、無様な台詞《せりふ》だな。分かった、それなら史には私から連絡《れんらく》をしておく。それなら文句はないな？」

「…………」

黙《だま》りこくった賢吾を鼻で笑い、ジーノは佐知の手を引き、スマートにエスコートをして歩き出す。

「……ジーノ、ありがとう」

「佐知には返しきれない恩が山ほどある。礼を言われる筋合いはないな」

「またそんな言い方して。君は本当に素《す》直《なお》じゃないんだから」

佐知の隣に並んで歩く優が、楽しそうに笑って佐知の耳元で囁《ささや》く。

「ジーノってばすごく心配して、慌《あわ》ててプライベートジェットを飛ばしてここまで来ちゃったんだよ？」

「優、余計なことを言うな」

「はいはい。恰好《かっこ》つけだなあ、ジーノは」

ジーノ達が乗ってきたらしい高級車のそばまで来ると、「どうぞ」と優がドアを開けてくれた。そうして車に乗り込んで振り返る。視線の先には賢吾がいた。けれど賢吾は頑《かたく》ななまでにこちらを見ない。

佐知は正面を向き、大きくため息を吐いた。

「やっちゃったなあ」

今の賢吾に怒《おこ》ったところで仕方がないのに。あれではただの八つ当たりでしかない。

佐知の独り言を聞いても、ジーノと優は何も言わなかった。変に気《き》遣《づか》って優《やさ》しい言葉をかけてないところが、この二人はよく似ている。そして今はそれが大変ありがたかった。

「……それで？　伊勢崎から君を預かるように頼《たの》まれたが、一体何があったのか説明しろ」

ジーノが滞在《たいざい》しているホテルに着き、優が淹《い》れてくれたコーヒーを一口飲んだところで、ジーノが焦《じ》れたように切り出した。

「えーっと……」

おずおずと状況を話す。賢吾が佐知に関する記憶《きおく》だけを無くしていること、佐知が命を狙《ねら》われたこと、賢吾がそれを知って相手の組に乗り込もうとしたこと、それを止めようとして喧嘩になったこと。

ジーノはたどたどしい佐知の説明を黙って聞き、全部を聞き終えてからため息を吐いた。

「なるほどな」

長い足を組み替《か》え、一口コーヒーを啜《すす》り、カップソーサーごとテーブルに置く。一連の仕草の間に考えをまとめ、それからまた口を開いた。

「記憶がないのは、本当に佐知に関することだけか？」

「一応は。……でも、他《ほか》の人との間のことでも、俺に関係することは忘れちゃってるみたいだ。たとえば、俺の友達のことは覚えているけど、その友達と出会ったきっかけとか、そういうのは思い出せない」

「そうなると、あの男の記憶のほとんどの部分は欠落しているのではないか？」

「え？」

「あの男の思考は、基本的に佐知で埋《う》め尽《つ》くされているからな。だがなるほど、それならあの男が私に連絡してこなかったことも理解できる」

ジーノの言葉に驚く。この二人がお互《たが》いに連絡を取るような仲だなんて思いもしなかったからだ。

「あの男からの定期連絡が途切《とぎ》れたから、何かあったのかと思ったんだが、佐知を忘れたなら私に用がなかったということだな」

「定期、連絡……？」

賢吾とジーノは犬猿《けんえん》の仲で、寄ると触《さわ》ると喧嘩《けんか》をしていたはずだ。ジーノに優という恋人ができてからは落ち着く……かと思ったが、まったくそんなことはなく、相変わらずいがみ合っていたはずだったのに。

「連絡が途絶えた時は自分に何かがあった時だから、佐知と史の無事を確認《かくにん》してくれと頼まれている」

「賢吾、が……？」

「まあ、お互い様だがな」

ジーノの視線が、隣に立つ優を見た。

「我々《われわれ》は互いに、平和とは程遠《ほどとお》い世界に生きている。程度の差はあれ、な。あの男のことは嫌《きら》いだが、この件に関しては互いの利害が一致《いっち》している」

「心配性《しょう》なんだよ、ジーノも……それから賢吾さんも」

ジーノの肩《かた》にぽんと手を置いて、優は佐知に「困った人達だよね」と苦笑《くしょう》を見せる。

「ほんと、馬鹿《ばか》みたいだ」

思わず出た佐知の呟《つぶや》きに、ジーノが眉根を寄せて反論してきた。

「愛しているがゆえ、だ。自分にもしものことがあっても、愛する者には幸せに生きて欲しいと思うのが当然ではないか？」

「それが馬鹿なんだよ」

ジーノは眉間《みけん》に皺《しわ》を寄せたが、優は佐知の気持ちを理解してくれたようだった。だっておそらく同じ気持ちだから。

「愛する者がいない世界で、幸せになんかなれるはずがないんだよ」

「……だとしたら、今の佐知は不幸か？」

「いや？　めちゃくちゃ幸せ。だって、賢吾は生きて俺のそばにいるから」

「だが、あの男には記憶が――」

「あの賢吾にないのは過去だけだろ？　未来はまだまだこれからだもんな」

佐知の言葉に、優がくすくすと笑いだした。

「佐知さんのそういうところ、ほんと好きだなあ」

「何だと？　好きとはどのぐらいだ、私よりもか？」

途端《とたん》にジーノが不満げに問いつめ始めたが、優はそれを気にも留めずに佐知にガッツポーズを見せる。

「佐知さんのガッツ、俺も見習うよ。何があっても食《く》らいついてやる」

「お互い、ほんと鈍《にぶ》い恋人《こいびと》で苦労するけど、頑張《がんば》ろうな」

「あはは」

二人だけで分かり合うと、ジーノは憮然《ぶぜん》とした顔をしながらも「落ち込んでいなくて何よりだ」と言った。せっかく心配してくれているというのに、申し訳ないと思いながらもまた笑う。

「……俺、戻《もど》らなくちゃ」

「先ほど喧嘩をしたばかりなのに、もう帰るのか？」

「あいつのことを何でも分かってると思ってたけど、分かってなかったなあって」

「……？」

「俺、生まれてからこれまで、俺のことを好きな賢吾しか知らないんだよ」

「惚気《のろけ》か」

伊勢崎と同じような反応を返されて苦笑する。だがそれが事実なのだから仕方がないじゃないか。

「だから、今って生まれて初めて片思いを味わってるんだって思ってたけど、俺って片思いも下手《へた》だったんだよなあ」

「何が言いたいのかさっぱり分からん」

「ジーノは別に分からなくていいんだよ。賢吾さんが分かってくれれば、佐知さんはそれで十分なんだって」

賢吾に会いたい。今すぐ会いたい。会って言わなければならないことがある。

そんな風に賢吾のことで頭がいっぱいになってしまっている佐知の代わりに、優がそう言ってジーノの肩を叩《たた》いた。


東雲邸《てい》まで送ると言ってくれたジーノを断って、佐知はのんびりと早朝の公園を歩く。少しだけ、考えをまとめたかったから。

母が亡《な》くなった時、賢吾が佐知を泣かせてくれた場所。

この公園で二人ぼっちだったあの日。佐知が泣いても賢吾は何も言わず、ただ黙《だま》って夜空を見上げていた。慰《なぐさ》めの言葉は必要なかった。賢吾の存在が隣《となり》にある。それだけで佐知はあの時救われた。……二人にとっては、忘れられないはずの大事な思い出の一つ。

いつだって、賢吾は佐知を丸ごとひっくるめて愛してくれていた。佐知の短所でしかない部分も、賢吾はそれが佐知だとそのまま受け入れてくれて。そうして賢吾に甘やかされるのが当たり前になって、いつしか佐知は賢吾の繊細《せんさい》な部分を忘れがちになってしまっていたのかもしれない。

賢吾はいつも飄々《ひょうひょう》としているけれど、実はロマンチストで、それから佐知に関しては意外と臆病《おくびょう》で。ずっと好きだったくせに、佐知に嫌われるのが怖《こわ》くて最後の一線は無理やり越《こ》えられなかった、と苦笑していた賢吾のことを思い出す。

そんな賢吾のことを、佐知が一番知っていたはずなのに。

「馬鹿だよなあ、俺」

帰る途中で伊勢崎に電話をしたら、賢吾はふらっと出ていってしまったと教えられた。だから佐知はここにいる。

迷いなく歩いていると、目的の場所に着く。視線の先には思った通り、ベンチに座る賢吾がいて、佐知は思わず口元を綻《ほころ》ばせた。

何も変わっていない。賢吾は、ずっと何も変わっていないのだ。

離《はな》れたところで賢吾を護衛する組員と、これまで自分を守ってくれていた組員に目配せする。組員達は心得た顔で少しだけ距離《きょり》を取ってくれた。

賢吾と話をしなければならない。

「どうしたんだ、その頬《ほお》」

挨拶《あいさつ》なしで、賢吾の隣に腰《こし》を下ろす。賢吾の頬が無残に赤くなっていて、佐知は医者の性《さが》で程度を確認しようと頬に触《ふ》れかけたが、賢吾は顔を逸《そ》らしてそれを避《よ》け、それからぼそりと答えをくれた。

「史にひっぱたかれた」

「史に？　史が怒《おこ》るなんて珍《めずら》しいな。お前、何をやったんだよ」

くくく、と笑う。史が賢吾を殴るなんて初めてだ。暴力に訴《うった》えるのはよくないと後で史には言い聞かせておかなければいけないが、史は理由もなしにそんなことをする子ではない。佐知がホテルを出る前にジーノが史に電話をしていたようだから、ジーノから何か聞いたのかもしれない、と思った。

「ずっと意地を張ってたら後悔《こうかい》するってよ」

「あはは」

視線を向けると、賢吾の唇《くちびる》が尖《とが》っていた。子供の頃《ころ》と変わらぬ仕草に、佐知はまた笑う。

「史のほうが、お前よりよっぽど大人じゃん」

「うるせえ」

「それで？　史に怒られてここで拗《す》ねてる訳だ？」

「別に。史に殴られたぐらいで拗ねたりしねえし」

佐知との記憶《きおく》を無くしてからの賢吾は、佐知が知っていた賢吾よりも子供っぽいと感じることがある。それに気づくと、佐知の胸はきゅっと痛んだ。佐知を好きな賢吾は、佐知のために大人になったのかもしれない。

「じゃあ、その唇はどうして尖ってる訳ですかー？」

尖っている唇を指でむにっと摘《つ》まんでやると、賢吾が驚《おどろ》いた顔をした。まさか佐知がそんな風に自分に触れてくるとは思ってもいなかったらしい。

佐知にひどいことを言ってしまったことを気にして、今も何と声をかけたらいいか少し戸惑《とまど》っている。いつも強気なのに、喧嘩《けんか》をした時だけ弱気になるのは賢吾の悪いくせだ。

「まだ、俺の顔を見たくない？」

「…………」

賢吾は何か言いたそうに口を開いたが、すぐに諦《あきら》めたように閉じる。どうでもいい時はべらべら話すくせに、肝心《かんじん》な時は一人で抱《かか》え込む。佐知と付き合い始める前の賢吾は、ずっとこうだった。佐知が忘れていただけで。

「見たくないなら、目を瞑《つぶ》って生活しろよ」

「は？」

「目を瞑ってたら見えないだろ？」

「……怒ってたんじゃねえのかよ」

「怒ってたのは、お前が俺のことを疑ったからだよ」

賢吾との喧嘩で、売り言葉に買い言葉でひどい言葉を投げつけあうなんてことは、昔からよくあることだった。

佐知がどうしても許せなかったのは、賢吾が佐知の気持ちを疑ったから。記憶のないままの賢吾を、いつか捨てていくだなんて思われたのが腹立たしかった。

でも、佐知が間違《まちが》っていた。

「ごめんな」

「何でてめえが謝るんだ。俺が間違ってんのはちゃんと分かってる」

「いや、お前は全然悪くない。むしろ俺が悪い。これは自慢《じまん》なんだけど、俺ってやつは生まれてこのかた片思いをしたことがない訳だよ」

「それ、今する話か？」

「今するしかない話なんだって。黙って最後まで聞けよ」

佐知はこほんと咳払《せきばら》いをして、「改めまして」と話を続ける。

「お前はいっつも図々《ずうずう》しいし、顔も怖いし、ムカつくことばっかり言うし、可愛《かわい》げもないから気づくのが遅《おく》れたけど」

「おい、ただの悪口なら本人のいないところで言え」

下を向いていた賢吾が顔を上げる。拗ねて唇を尖らせる表情は、昔から何度も見たことがあった。少し下がってしまった眉《まゆ》の形も。

「……けど、お前ずっと不安だったんだろ？」

「…………」

賢吾は何も言わなかったが、この場合の無言は肯定《こうてい》と同じだ。

佐知が真っ先に気づいてやらないといけなかったのに。いくら佐知のことを覚えていなくても、賢吾は賢吾なのだ。

賢吾のことなら誰《だれ》よりも知っている。

そりゃあもちろん、知らないことだってたくさんある。賢吾が佐知に故意に隠《かく》していることだってたくさんあるのだろう。だけど、賢吾の心のうちに関しては、たとえ賢吾の両親が相手でも、負けない自信が佐知にはあった。

「そりゃあそうだよな。お前の記憶の中にちゃんといる皆《みんな》が俺のことを知っているのに、お前だけが知らなくて。でも無視しようとしても、どうしてか俺のことが気になっちゃうんだもんな」

「自意識過剰《かじょう》か」

吐《は》き捨てるような言葉だったが、佐知にはちゃんと分かっている。

「諦めろよ、賢吾」

佐知はふふっと笑って、賢吾の顔を覗《のぞ》き込んだ。

「何をだよ」

「お前はさ、何度記憶を無くしたとしても、また俺に恋《こい》をしちゃう運命なんだよ」

「…………」

賢吾はまた黙り込んだけれど、恋なんかしないとは言わなかった。佐知は自信満々に続ける。

「だって、お前が俺のことを忘れても、俺がお前のことを覚えてる訳だよ。お前が愛しちゃった俺が、お前が愛しちゃった形のままお前のそばにいる訳。そんなの、愛さずにいられなくない？」

自信満々にそう言って、賢吾が一番好きだと知っている表情で笑う。

伊達《だて》に生まれてきてからずっと一緒《いっしょ》にいた訳じゃない。恋人として一緒にいた時間は短くても、それまでもずっと佐知には賢吾の愛が惜《お》しみなく与《あた》えられてきた。

気づくのは遅《おそ》かったけれど。今はちゃんと分かっている。佐知を今の佐知にしたのは賢吾だ。今の自分が、賢吾の愛する佐知なのだ。そう自信を持って言えるぐらいには、賢吾に愛されてきた自信がある。

「自意識過剰か」

賢吾はさっきと同じ言葉を繰《く》り返したが、その言葉は先ほどとは違って、肯定するような苦《く》笑《しょう》交じりだった。

「それがお前の聞いて欲しい話か？」

「まだ、本題はここから」

佐知は体ごと賢吾のほうに向き、それから一度息を吐く。

生まれて初めての経験だ。何だかすごくどきどきしてきた。頑張《がんば》れ、俺。

「何なんだよ、悪い話か？」

「いや、どうかな……分かんないけど、とにかくちょっと待って」

気持ちを落ち着ける時間をくれと賢吾の前に手をかざし、もう一度大きく息を吐いて「よし！」と気合いを入れる。

「え、えーっと、賢吾、さん……」

「な、何だよ」

「好きです」

よし、言えた！　佐知は思わずガッツポーズするほど達成感でいっぱいだったのに、賢吾から返ってきたのは「何を？」という言葉だった。

「おい！　そういうベタなのやめろよ！　俺は片思いも初めてなら、こうして片思いの相手に告白するのも初めてなんだぞ!?　もっと優《やさ》しくしろよ！」

付き合ってからの賢吾に好きだと言ったことは山ほどあるが、片思いの状態から告白したことは一度もない。

「告白……？　今のが？」

「何だよそのきょとんとした顔は！　ちゃんと好きですって言ったじゃん！」

「いや、唐突《とうとつ》すぎて全然ついていけなかった」

信じられない。人の一世一代の告白を何だと思っているのか。

「……何で今なんだ？」

「何が？」

「何で急に、俺のことを好きだとか言い出したんだよ。今までそんなそぶりもなかったのに」

「言い忘れてたんだよ」

「は？」

賢吾が、ちょっと見たことがないぐらいにぽかんとした顔をした。気持ちは分かる。自分でもちょっと情けないと思ってはいた。

「だからさっき謝っただろ？　俺は生まれてからずっとお前と両思いだった訳」

「そうなのか？」

「そうなの。しかも自分から何もしなくても、いつもお前が好きだ好きだ言ってた訳だよ。だから、片思いだからっていちいち自分の気持ちを相手に話さなくちゃいけないって発想がなかった」

いやあごめんごめん、と謝ったら、唖然《あぜん》とした顔を向けられた。でもこれが本当のことなんだから仕方がない。

「賢吾にとって今の俺は一番怖《こわ》い存在だよな。男なのに籍《せき》を入れてるとか言うし、周りは今のお前が間違ってるみたいな反応をする訳だし」

　もし自分が逆の立場だったら、自分の記憶《きおく》が信じられないということが怖くて仕方がなかったと思う。自分の記憶の中からすっぽり抜《ぬ》け落ちている相手など、宇宙人に等しい存在に違いない。

「……俺だって、いい加減認めてはいる。写真や動画も見た。その中の俺は、お前を見て信じられないぐらいに幸せそうに笑ってやがった。俺はそんなもん、今まで一度も感じたことがねえはずなのに。あんなもんを見せられて、俺がお前のことだけ忘れてるなんて嘘《うそ》だ、なんて言うつもりはねえ」

「そっか……そんなもの見てたら、余計に混乱するよな。お前にとっては、写真や動画の中のお前は、まるで別の人なんだもんな」

　自分とはまるで違う自分を見て、さぞ混乱しただろう。

「お前だってそうだろ？　お前が好きなのは、あの写真や動画の中の俺だ。だが俺は、あの中の俺にはなれねえ」

「無理にならなくていいよ。お前は、お前のまんまでいい」

　佐知はもっと早くに、賢吾にそう言わなくてはならなかったのだ。賢吾にとって、佐知の存在は未知のもので、賢吾はずっと佐知をどう扱《あつか》っていいのか分からなかったはずだ。

「確かに、お前が見た写真や動画の中の賢吾は、今のお前とは違《ちが》う。でも、それで別にいいんだよ」

「………」

賢吾の沈黙《ちんもく》の代わりに、さあっと風が吹《ふ》いて木々が擦《こす》れる音がする。風に靡《なび》いて田代に作られた賢吾の頭のハゲがちらっと見えた。

お前のそんなところすら可愛《かわい》いと思っちゃうんだよ、俺はね。

「お前は俺に関する記憶を無くしちゃったけど、でもお前は俺がずっと一緒に育ってきた賢吾だ。それは変わらない。俺はさ、すごく自分勝手で我が儘《まま》な男だから、お前の全部を俺のものにしたい。だから、お前が俺との過去を無くしたことは、はっきり言ってすごくムカついてる。でもだからって、お前の未来を手放すつもりはまったくないんだよ」

「俺の、未来？」

「過去を無くしたからって、何でお前との未来まで無くさなきゃなんないの？　それこそふざけんなって話だろ。もちろん、お前に今すぐ俺のことを好きになれって言ってる訳じゃない。俺がお前のことを好きだってことを、ちゃんと知っといて欲しいだけ」

「知ったら何か変わるのか？」

「こいつはどうせ俺のことが好きなんだから、って開き直れるだろ？」

佐知はにかっと賢吾に笑いかける。

「お前は絶対俺を好きになるから。だからそれまで精々、俺の愛の上にふんぞり返ってろよ」

「何だそれ」

　ようやく、ちょっとだけ賢吾が笑った。

「まあ、もうすでにちょっとぐらいは好きになってると思うけどねー」

　馬鹿《ばか》じゃねえの、と言われると思ったのに、賢吾はふっと真顔になる。

「いつでもお前のことが頭をちらついていらいらする。けど、お前がそばにいるとほっとする。

お前が他《ほか》の誰《だれ》かと話してるとまたイラつくし、お前が笑うとまたほっとする。その繰り返しだ。

……こんな気持ちは初めてで、どうしていいか分からねえ」

「どうもしなくていいよ。そのままのお前でそばにいろよ」

「記憶がないのに？」

「何なの？　賢吾のくせに、もしかして引け目とか感じてんの？　やめとけよ、向いてないから」

　佐知は賢吾の手を摑《つか》み、勝手に指を絡《から》めて恋人繫《つな》ぎにする。

「さっきも言っただろ？　絶対、いつか賢吾はまた俺のことを好きになる。だからお前がそうやって俺のこと考えていらいらするのは当たり前な訳。むしろわくわくする。だってこの瞬間《しゅんかん》も、お前は俺のことをどんどん好きになってるかもしれない訳だろ？」

「ポジティブか」

「お陰様《かげさま》でねえ」

佐知がこんなに自信満々でいられるのは、幼い頃《ころ》から賢吾に与えられ続けた愛情ゆえだ。疑いようもないぐらいにどっぷりと賢吾の愛情に浸《つ》かったお陰で、佐知は今もこうして賢吾との未来を待てる。

「ずっと俺、お前と思いを交《か》わすことができたのは奇跡《きせき》だって思ってたんだ。でも、いざお前が俺との記憶を無くしたら、不思議なんだけど、あ、俺達って運命だわって思ったっていうか」

一つでも選択《せんたく》を間違えたら賢吾との未来はなかったはずだ、なんて思っていたのに、実際これまでの選択が全《すべ》てなかったことになっても、賢吾と共に過ごす人生が終わりになる予感はまるでしなかったのだ。

「いや、これっぽっちも理解できねえ。何か色々すっ飛ばしただろ、お前」

「たとえば、すごい遠回りして、お前が女遊びしたりしたとしても、最後は絶対俺のところに戻《もど》ってくるって、妙《みょう》に自信があったんだよ」

「記憶がない俺だからどうでもいいってことなんじゃねえの?」

「そうじゃなくて。ああもう！　何て言ったらいいのかなあ、何となくで分かれよ！」

元々、あまり言葉が上手《うま》いほうではない。賢吾は察する能力が高かったため、余計にそこの努力を怠《おこた》ったままでここまで来てしまった。語彙《ごい》力が欲しい。

「いや、分かんねえだろ、全然」

「だからぁ、さっきも言ったけど、俺はお前がめちゃくちゃ愛して、大事にして、だから今の俺になった訳！　言わばお前の理想形な訳だよ！」

「お前、自分で言ってて恥《は》ずかしくねえか？」

「恥ずかしいよ！　だから説明させんなよ！」

顔どころか耳まで真っ赤なのは自分でも分かっている。こんな恥ずかしい台詞《せりふ》を言うのは最初で最後にしたい。

「いや、分かんねえから、もっとよろしく」

「……っ、もうやだ！　とにかくお前は、俺を好きになる運命なの！　好きになるしかないの！　四の五の言わずにお前ははいって言えばいいんだよ！」

勢いで言い切って、ぜえぜえと肩《かた》で息をする。もうやだ、何か俺、駄々《だだ》捏《こ》ねてるだけの恥ずかしいやつみた――

「はい」

「そう！　それでいいんだ……え？　あれ？　そんなあっさり、いいのか？」

からかわれたのかと思ったのに、賢吾は真顔で頷《うなず》いた。

「お前が言えって言ったんだろうが」

「まあ、そうだけど」

「なあ、いいか？」

「……？」

「触《さわ》ってもいいのか、って聞いてんだけど」

賢吾の言う『触る』の意味が、ただ指で腕《うで》にちょんと触るだとかそういうものではないというのは、賢吾が両手を広げたことから明らかだった。

「……っ、だ、抱《だ》きしめるだけならっ」

賢吾の手が、らしくないぐらいにそっと佐知を抱きしめる。久しぶりの賢吾の腕の中に、知らずほっと吐息《といき》が零《こぼ》れた。

「……あー、何か分かったぞ」

「……何が？」

「お前が言う、俺がお前を好きになる運命ってやつ。すげえ完璧《かんぺき》。過不足なく、全部あるって気がする。ずっと何かが足りてねえ気がして落ち着かなかったんだが、これだって思った。情けねえけど、今俺、すげえ泣きそう」

泣くなよ、とは言えなかった。佐知のほうこそ泣いてしまいそうだったから。

まだ全部ではなくても、半分ぐらいは、この温《ぬく》もりを取り戻したような気がした。

「ええっと、ほんとにするの、か……？」

その日の夜。一応そのつもりで風呂《ふろ》に入って体を清めては来たけれど、自分との経験を覚えていない賢吾にやたら張り切っていると思われたくなくて、佐知はおずおずとそう尋《たず》ねた。

「するに決まってるだろ。何だよ、やっぱり嫌《いや》だとか言うつもりかよ」

布団《ふとん》の上で待ち構えていた賢吾に手を引っ張られ、佐知は顔を赤くしながらその胸に飛び込む。

「嫌って訳じゃないんだけど、何かちょっと……」

「恥ずかしい？」

「そう、それ……ん……」

それだよ、と言おうとした唇《くちびる》を、触《ふ》れるだけのキスが邪魔《じゃま》した。すぐに離《はな》れた唇を思わず追いかけてしまいそうになって、自分ががっついている気がして恥ずかしくなったが、賢吾の唇が戻ってきて、今度はさっきよりしっとりと唇が触れる。

「なあ、お前、何か食べたか？」

「え……？　いや、歯は磨《みが》いたけど」

「何か、すげえ甘い」

そう言って、賢吾の舌が味を確かめるように佐知の唇を舐《な》めた。舌を誘《さそ》って唇を少し開くと、そのままキスが深くなる。

「ん……ぅ……」

キスがしつこい。何度も繰《く》り返されるそれに、唇がふやけてしまいそうだ。やめさせようと手で肩に触れたら、その手を握《にぎ》られ、またキスをされる。

「ふ……っ、しつっこい……な……っ」

ようやくキスから解放された時には、息が上がってしまっていた。いつの間にか布団に組み敷《し》かれ、伸《の》し掛《か》かってきた賢吾の唇がまた佐知の唇を追いかけてくる。

「も、やだってば……っ」

「何で？　俺とキスするの、嫌か？」

「そうじゃ、ないけど……」

どうしてそんなにキスばかりしたがるのか。疑問が表情に出ていたらしい。賢吾は佐知の両耳の隣《となり》に腕をついて、今にもまたキスをしたそうに唇を近づけながら言った。

「キスだけで、すげえ気持ちいい。頭ん中が全部溶《と》けたみたいになる」

またキス。離れた途端《とたん》にもう一度キス。そして、今度は深く唇が合わさって、舌を搦《から》め捕《と》られた。

「ああ、すげえ……病院で目ぇ覚ましてからずっと、何か分かんねえけどずっといらいらしてたのが嘘《うそ》みたいに消えた。俺はただ、ずっとお前に触れたかったんだな」

何かを満たそうとでもするように、賢吾は何度も佐知にキスをする。頬《ほお》に、鼻に、目に、そして唇に。

「知らねえやつのはずなのに、どんだけ無視しようとしてもお前のことが頭から離れなくて、そんなの認めたくねえからお前に冷たくして。でもお前は知らん顔で俺のそばにいる。俺のことを全部分かってるみてえな顔してな」

「そりゃあ、ムカつくだろうな」

「そのくせ、自分の視界にお前が映ってないと落ち着かねえんだ。ちょっとでも目を離すと、お前はすぐに誰《だれ》かに言い寄られてる。お前は俺の恋人《こいびと》なんじゃねえのかよって、すげえイラついた」

「言い寄られてなんか……」

「自分がこんなに嫉妬《しっと》深《ぶか》い人間だとは、思ったことがなかった」

「…………」

佐知は知っている。賢吾が呆《あき》れるぐらいに嫉妬深くて、佐知に関してだけは心が狭《せま》くて、いつだってぷりぷり怒《おこ》っていたことを。

もし賢吾が佐知と出会っていなかったら、綺麗《きれい》な女性と出会って結婚《けっこん》して家族を作り、普通《ふつう》の幸せを手に入れていたのかもしれない、と思ったこともある。だが、そんな仮定は無意味だ。佐知と賢吾は出会ってしまった。

……でももし、賢吾が佐知と出会っていなかったとしたら。もしかしたら賢吾は愛を知らないままで、こんな風に愛《いと》おしげに誰かを見ることも、思い通りにならない感情に振《ふ》り回されることもないままだったのかもしれない。

「やっぱり、お前は俺を好きになる運命なんだよ」

「そうだな。運命なんざあほらしいと思ってたが、お前を見た瞬間《しゅんかん》から、他《ほか》とは違《ちが》うって分かったからな」

その言葉だけで十分だった。

「なあ、全部見てもいいか？」

「……いい、よ？」

浴衣《ゆかた》の帯に触れた賢吾が、佐知の何を全部見たいのかは言葉にされなくても分かった。この体は全部賢吾のもので、今更《いまさら》賢吾に見られていないところなどないのに、記憶《きおく》のない賢吾に初めて見られると思うとやはり恥ずかしい。

それでも佐知は、賢吾の手に触れ、賢吾の手ごと自ら帯を解いた。

「全部見ていい……全部、お前だけのものだから」

自信はあった。賢吾は絶対にもう一度佐知を好きになる。いや、好きにさせてみせる、と。でもそれは半ばこの恋心に対する意地のようなもので、余裕《よゆう》がある訳ではない。だがこちらにはアドバンテージがある。何せ、賢吾の好みは全《すべ》て知っている。食べ物の好みはもちろん……セックスの好みだって。

伊勢崎は、佐知のことを誤解している。佐知は我が儘《まま》な人間だ。たとえ賢吾にとってそのほうが幸せだと言われても、賢吾を今更他の誰かに渡《わた》すつもりは毛頭なかったのだ。

記憶がない？　それがどうした。賢吾が全部忘れても、佐知が全部覚えている。過去は無くしても、まだ未来は残っている。賢吾の未来は全部、佐知のものだ。

佐知の持てる全てを使って、もう一度賢吾を振り向かせると決めていた。一度は好きになったのだ。二度目だって絶対に好きになる。意地でも好きにさせてみせる。

だけどそうする前に、運命は再び賢吾と佐知を結び付けた。ありのままの佐知を、賢吾がまた愛そうとしてくれている。佐知にはもう、それだけで十分なのだ。

「……っ」

羞恥《しゅうち》を押し殺して、浴衣の裾《すそ》を開く。こうなる覚悟《かくご》で、下着もつけてこなかった。なりふりなんて構っていられない。佐知のこの思いは全部賢吾のもので、賢吾に受け止めてもらえないと行き場を無くすのだ。

「触っても、いいか？」

いちいちお伺《うかが》いなんて立ててくれなくていいのに。羞恥は増すばかりだが、佐知はこくこくと何とか頷《うなず》く。

賢吾の指先が、佐知の頤《おとがい》に触れる。その熱い指先にひくんと体を揺《ゆ》らすと、つつーっと指先が胸元《むなもと》まで降りていった。

「これが、全部俺のもんなのか？」

またこくこくと頷く。ここに来るまでは無理やり押し倒《たお》して既成事実《きせいじじつ》を作ってやろうかぐらいに思っていたのに、いざとなってしまえば恥《は》ずかしくて体が竦《すく》んだ。いつもの賢吾相手にならできたことが、今の賢吾には恥ずかしくてできない。

何だか初めてのやり直しをしているみたいで、いたたまれない気持ちだった。

「は、早く、触《さわ》ってくれ……っ」

何だか蛇《へび》の生殺しのような気分になって、精一杯《せいいっぱい》の誘い文句を口にする。

賢吾はそんな拙《つたな》い佐知の誘いに笑ってから、佐知の体の輪郭《りんかく》を確かめるみたいに手のひらをすうっと腰《こし》まで下ろした。それから、ちゅっちゅっと首筋から胸元までキスを降らせる。

「……っ、ふ……っ」

賢吾の唇が、胸の尖《とが》りに触れた。すでにぷくりと膨《ふく》らんでしまっているのが分かって、恥ずかしさと期待でさあっと鳥肌《とりはだ》が立つ。

濡《ぬ》れた唇に食《は》まれ、思わずもっとと胸を反らせた。記憶のない賢吾にとっては男の体に触れるのは初めてのはずなのに、躊躇《ためら》いなく手が佐知の性器に触れる。

「あ……っ」

声を嚙《か》み殺そうとしても、慣れた体は堪《こら》え切れず吐息《といき》を漏《も》らしてしまう。賢吾の指が佐知の性器の形を確かめ、それから焦《じ》れったいぐらいに優《やさ》しく擦《こす》り上げられた。

賢吾なのに、触れ方が違う。それは興奮と共に少しの寂《さび》しさを連れてきて、けれど佐知はそれに気づかぬふりで体を震《ふる》わせた。

「俺だけ、やだ……っ」

「じゃあ、どうする……？」

「ここ、いれ……て？」

風呂《ふろ》で自ら拡《ひろ》げたそこに、賢吾の指を導く。簡単に指を呑《の》み込むそこに賢吾は「すげえ……」と呟《つぶや》いてから喉《のど》を鳴らした。

「もう入れていいのか？」

「あ、い、入れ……あ、あー……っ」

頷きながら入れてと訴《うった》えている途中《とちゅう》で、我慢《がまん》しきれないように賢吾がそこに猛《たけ》ったものを押し当てる。その先を期待して、体の奥が拓《ひら》いて賢吾を誘《さそ》い込んだ。

「ああ……すげえな……こんなに、入るのか……、……っ」

佐知の体を貫《つらぬ》いて、賢吾が独り言のようにうっとりと呟く。

「腰が抜《ぬ》けちまいそう……たまんねえな……」

「ひ……っ、ぁ……っ、止まって、あ、それ以上は……っ」

ゆっくりと、だが確実に、賢吾は佐知の奥深くまで侵入《しんにゅう》してきた。いつもなら佐知がもっと気持ちよくなって、訳が分からなくなった頃《ころ》に暴《あば》かれる場所。

怖《こわ》くなって、賢吾の体を押し退《の》けようとしたが、びりびりと体が痺《しび》れて力が入らない。涙《なみだ》が零《こぼ》れ落ちそうになったところで、賢吾がぽつりと言った。

「悔《くや》しいな」

「……っ？」

「お前のここを、俺じゃねえ俺が知ってる。お前のこういう顔も、この体も、俺より先に暴いたやつがいる」

「……それは、だって……、あ……っ」

「分かってる。だが、自分だと分かっていても、すげえ腹が立つ」

「ひ、ぁ、あ、ああっ」

ぐっと腰を押し込まれ、奥の奥に入り込まれた。びりびりと体に電気が走ったように、快楽が全身を駆《か》け巡《めぐ》る。

「すげえ可愛《かわい》い、すげえ気持ちいい、だから、余計に、腹が立つ……っ」

「あ、あ、だめぇ……っ、あ、待って、まって、あ、ああっ」

逃《に》げようとする体を押さえつけられる。両腕《りょううで》を掴《つか》まれたまま腰を打ちつけられ、髪《かみ》を振り乱して抵抗《ていこう》したが、賢吾は尚《なお》も佐知を責め立ててきた。

「お前は俺だけのもんだ……っ、絶対に誰にも……っ！」

「あ、ああ……っ！」

賢吾のぴりぴりとした怒《いか》りが伝わってくる。自分自身に嫉妬して怒り狂《くる》っている賢吾に、佐知は嬉《うれ》しさでぶわりと涙が浮《う》かんだ。

「賢吾、すき、すき……っ、あ、あ、すき……っ！」

こんなに激しい感情をぶつけたくなるほど、賢吾は佐知のことが好きなのだ。それは記憶を無くす前の賢吾と何も変わらない。

賢吾は佐知を愛している。それだけ分かれば、佐知はこれから何にだって耐《た》えられる。

ぼろぼろと涙を流しながら何度も好きだと訴える佐知を、賢吾の視線が捉《とら》えた。賢吾の目が大きく見開かれ、唇《くちびる》が涙を吸い取ってくる。

「ああ……何で泣くんだよ……お前を泣かせたくなんか……くそっ、俺は……っ」

掴まれていた腕を解放され、逃げる代わりに賢吾の首を抱《だ》き寄せた。しゃくりあげながらキスをして、ただ「好き」と繰《く》り返す。

「すきで、いてくれ……っ、俺のことっ……それだけでいいんだ……っ、そしたら、何でも我慢するから……だから……っ」

「……っ、馬鹿野郎《ばかやろう》……っ！」

噛みつくようなキスが返ってきた。先ほどまでのどこか様子を窺《うかが》うようなものではなく、これは俺のものだと主張するキス。強引《ごういん》に舌が入り込み、佐知の口内を蹂躙《じゅうりん》する。

「佐知……っ、佐知！」

賢吾の手が、佐知の胸の尖りを抓《つね》る。少し痛いぐらいが気持ちよくて、佐知は我慢できずに嬌声《きょうせい》をあげた。

「あ、あっ」

「優しくしてやるから。大丈夫《だいじょうぶ》だから、俺をいつもみたいに愛せよ、佐知」

奥の、弱いところを突《つ》かれる。震えるほどの快楽にぷしゅりと性器から蜜《みつ》を噴《ふ》くと、そのタイミングを見計らったように、更《さら》に奥に踏《ふ》み込んできた。

さっきは怖かったのに、今度は怖くない。柔《やわ》らかく喜ぶ中が賢吾を受け入れ、賢吾を抱きしめたまま佐知も夢中で腰を振《ふ》った。

「賢吾、けんご……っ、あ、あ、いく……っ」

「佐知、出すぞ……いいな?」

「あ、あ、いい、い、いい……っ、あ、いく、いく……っ!」

ぶわりと奥にマーキングされ、また賢吾のものになれたと口元が綻《ほころ》んだら、すぐに唇がそこに触《ふ》れてきた。

「今度はちゃんとここも擦ってやるから、もっとするだろ……?」

「あ、あ、いく、いく、また、いくから……っ」

繋《つな》がったまま体勢を変えられ、今度は背後から腰を突き入れられる。性器に指を絡《から》められて背中を舐《な》められれば、佐知に抵抗などできようもなかった。

その夜佐知は、賢吾とありとあらゆる恥ずかしいことをした。これまで賢吾としたこともな

かったようなことも含《ふく》めて。

でもどんなに恥ずかしくても、賢吾の目が優しくて、その目に唆《そそのか》されてしまうのだ。

それはまるで、いつもの夜のように。


朝目覚めたら、賢吾の腕の中だった。

少し前までは当たり前だったその状況《じょうきょう》が照れ臭《くさ》くて、佐知はこっそりとその温かい場所から抜け出し、居間で朝食を作り始めた。

しばらくして、聞き慣れた足音が聞こえてくる。

「さち、おはよー！」

「おはよう、史。よく眠《ねむ》れたか？」

「うん。いせざきさんのほうがおねぼうさんだったよ？」

史と一緒《いっしょ》に居間に現れた伊勢崎が、その言葉に顔を顰《しか》めた。

「誰《だれ》かさん達のせいで急に泊《と》まりになったもので、夜中に仕事をしていたんですよ」

「えっと……すみません」

「いえ。おめでとうございます、と言っていいんですよね？」

「え？　あ、いや……はい」

どうやら、昨夜何があったか伊勢崎にバレている。佐知が分かりやすすぎるのか、伊勢崎が聡《さと》すぎるのか、それとも両方か。

「え？　なんかおめでたいことがあったの？　さち、あかちゃんできた？」

「ち、違《ちが》う！　そういうんじゃなくて！」

京香が双子《ふたご》を産んだ時におめでたという言葉があると知った史が、ズレてはいるがそこまで的外れでもないことを言って佐知を赤面させた。

「できはしませんが、そういうことをし――」

「い、伊勢崎！　ほらっ、せっかくだから朝ご飯作るの手伝って！」

やっぱり完全にバレている。佐知は慌《あわ》てて伊勢崎に向かって椎茸《しいたけ》の入った袋《ふくろ》を投げ、受け止めた伊勢崎に「それ切って！」と頼《たの》んだ。

「史もほら、おかず並べるの手伝ってくれよ、たぶんもうちょっとでパパが起きてくるだろうし」

「はーい」

いい子のお返事でおかずを座《ざ》卓《たく》に並べ始めた史とは違い、隣《となり》で椎茸を切り始めた伊勢崎からは冷たい視線を感じる。

「結局、収まるべきところに収まる訳ですか」

「な、何でそんなに不満げなんだよ」

「不満ではありませんが、俺の知らない間に何があったのか気になりますね。一体どんな摩訶《まか》不思議《ふしぎ》な現象が起こったら、突然《とつぜん》そうなるんですか？」

「まあ、運命ってやつ？」

「……今、初めて佐知さんのことをぶん殴《なぐ》りたくなったんですが、殴っていいですか？」

「駄目《だめ》に決まってるだろ」

「ちっ」

「伊勢崎、最近ちょっと賢吾に似てきたぞ？　ポーカーフェイスがお前の持ち味だったのに」

「誰のせいですか」

　ぶつぶつ言いながらも、伊勢崎の手が椎茸に綺麗《きれい》な飾《かざ》り切りを施《ほどこ》していく。本当に器用な男だ。

「どうせトースターで焼くんですよね？」

「あ、はい、お願いします」

佐知の定番メニューまで知り尽《つ》くした伊勢崎に頭を下げていると、聞き慣れた声が居間に響《ひび》く。

「お、美味《うま》そうな匂《にお》いだな」

　賢吾だ。居間に入ってくるなりそう言って、賢吾は一直線に佐知へと辿《たど》り着き、「おはよう、佐知」と頬《ほお》にキスをしてきた。

「……砂を吐《は》いてもいいですか？」

「お願い、我慢《がまん》して」

伊勢崎の呟《つぶや》きに何とか言葉を返したが、佐知だって今すぐ逃げ出したいぐらいに恥《は》ずかしい。

まさかたった一晩でこれほど甘くなるとは思っていなかったが、これはむしろ嬉しい誤算だと思うべきだ。

もしかしたら佐知が思うよりずっと早く、賢吾が佐知のことを前と同じぐらい、いや前よりももっと好きになってくれるかもしれない。

「朝っぱらから、二人で仲良くキッチンに並んで新婚夫婦《しんこんふうふ》みたいなことしてんじゃねえよ。お前は俺のもんだろうが」

「自覚した途端《とたん》にこれですか。あの静かな日々が懐《なつ》かしい気すらしますね」

「やめなさいって」

佐知が伊勢崎の脇腹《わきばら》を肘《ひじ》で突《つつ》くと、賢吾がむすっとした顔をする。

「何だよ、せっかくお前のことをちょっと思い出したって報告しようと思ったのに、伊勢崎と乳繰り合うなら教えてやらねえからな」

「え!?」

驚《おどろ》いた声が伊勢崎と仲良くシンクロする。賢吾はそれを得意そうな顔で眺《なが》めてから、「ちょっとだけだがな」と言って笑った。

「ちょ、ちょっとだけってどのぐらい!?」

「お前をどんな風に抱《だ》いてたかって……いってえっ！」

「お前ほんとぶん殴るぞ！　それ一番どうでもいい情報だわ！　むしろ削除《さくじょ》しとけよ！」

「殴ってから言うなよ！　馬鹿《ばか》言うな、お陰《かげ》で昨夜はお前の好きな体位……だから痛《いて》えっつうの！」

「さちのすきな、なぁに？」

いつの間にかおかずを並べ終えて戻《もど》ってきていた史が、純真な瞳《ひとみ》で賢吾を見上げる。いち早くそれに気づいた佐知は、賢吾の足を思い切り踏《ふ》みつけて史に笑《え》顔《がお》を見せた。

「パパが、俺の好きなみたらし団子を買ってきてくれるんだってさ」

「あ、ずるーい、ぼくもたべたい！　ね、ぱぱ、いいでしょ？　ぼくのもかってきて？」

「あ、ああ、分かった」

「わーい！　やったー！」

みったらしだんご！　みったらしだんご！　とオリジナルソングを作って歌いながら、史がぴょんぴょんとその辺を飛び跳《は》ね始める。

「この話は後でゆっくりするから。今は黙《だま》って朝ご飯を食べろ」

佐知に踏みつけられた足が痛いと顔を顰める賢吾に冷たい視線を向けたのは、決して佐知だけではない。

「くだらない惚気《のろけ》を聞かされるために、ほとんど徹夜《てつや》で若の仕事を肩代《かたが》わりした訳ではないんですよ。くだらないことを思い出している暇《ひま》があったら、肝心《かんじん》なことをとっとと思い出して欲しいものです、まったく」

くだらないと二回言った。これは相当機嫌《きげん》が悪い。

「まあ、そう焦《あせ》んなよ。ちょっと思い出したってことは、これからもどんどん思い出してくかもしれねえだろ？」

確かにそうかもしれない。これまでのことを考えれば、とてつもない進歩だ。

「ぜひ、そうあって欲しいですね」

伊勢崎はため息を吐《つ》き、ついでにちんと鳴ったトースターから椎茸を取り出して皿に載《の》せる。椎茸に鰹節《かつおぶし》をたっぷり載せ、ポン酢《ず》をかけてから賢吾に手《て》渡《わた》した。

「これなんて、佐知さんの手料理の中で一、二を争うほど若がお好きだったメニューなんですよ？」

「そうなのか？」

いや、嘘《うそ》です。賢吾くんはそんなに椎茸の姿焼きが好きではありません。チーズを載せて焼いたやつは好きなんだけど。

伊勢崎のささやかな復讐《ふくしゅう》は成功し、賢吾はそれをぱくりと口に入れて顔を顰めた。まったくおとなげない。

だが、ほんの少しでも賢吾の記憶《きおく》が戻ったということで、これから先の道筋に光が差したような気がした。

……のだが。


「……なるほど。要するに、お前は本気で、一番どうでもいいことだけを思い出した、と」

和菓子《わがし》屋までの道のりを歩きながら、佐知は隣を同じ歩幅《ほはば》で歩く賢吾に何度目かの冷たい視線を向けた。

「おい、どうでもいいとか言うな。思い出したことを神に感謝したいぐらい、俺にとっては重要なことだぞ」

何が神に感謝したい、だ。神様など信じたこともないくせに。よりにもよって、どうしてベッドでの佐知の様子だけを思い出すのか。それが賢吾にとって一番強烈《きょうれつ》な記憶だというのなら、ちょっとぶん殴りたくなってくる。もっと大事な思い出がいくらでもあるだろうが。

「和菓子屋への道のりのほうがよっぽど重要だろ」

和菓子屋の記憶は佐知に繋《つな》がるらしく、賢吾は存在すら覚えていなかった。みたらし団子を買いに行かせるはずが、結局佐知が付き添《そ》いをする始末。

今日はせっかくの祝日で、たまにはゆっくり史と遊ぼうと思ったのに、その史は碧斗のところへ遊びに行ってしまった。

まあ、賢吾が怪我《けが》をしてからこんな風に一緒《いっしょ》に散歩をすることもなかったから、口角が上がってしまっている佐知ではあるけれど。

商店街を通りかかった時には、何も知らない店主達に『夫婦揃《そろ》ってるのを見るのは久しぶりだな』とからかわれたが、賢吾は上手《うま》く話を合わせてくれて、本当に元の日々が戻ってきたような錯覚《さっかく》を起こしそうになってしまった。

視線が合っても、不機嫌そうに眉間《みけん》に皺《しわ》を寄せられることもない。どうしたんだと視線だけで問うてくる賢吾には、以前のような余裕《よゆう》が少し戻ってきているように見えた。

「早く、全部思い出して欲しいか？」

「お前にとっては早く思い出さないほうがいいかもなあ。だって俺、お前が全部思い出したらぶん殴るって決めてるし」

「……何か、思い出したくなくなってきたぞ」

「はははっ」

焦りはない。思い出してくれるなら嬉《うれ》しいが、思い出さなくても賢吾は佐知と一緒に生きていく。そこに変わりはないのだから。

のんびりと歩いていると、佐知のゆっくりさに痺《しび》れを切らしたのか、賢吾が佐知の手を取って足を速めた。

「何だよ」

「人気のみたらしなんだろ？　買えなかったらどうすんだよ」

史のがっかりした顔を思い浮《う》かべて、佐知も軽い足取りで速度を上げる。

「確かに。史を泣かせる訳にはいかないもんな」

「お前の好物でもあるしな。お前の欲しいもんは、何でも手に入れてやらねえと」

「……っ」

以前なら当たり前に受け流していたような、突然《とつぜん》の甘い言葉にまだ慣れることができない。記憶を無くした賢吾に冷たくされたことで、佐知の耐性《たいせい》がリセットされてしまったらしい。

「偉《えら》そうに言ってるけど、俺の案内なしには店にも辿《たど》り着けないんだけどな」

「痛いとこ突《つ》くなよ」

顔を見合わせてふふっと笑う。以前と同じには戻れない。でもここから、また賢吾と新しい関係を築いていくのだ。繋いだままの賢吾の手をぎゅっと握《にぎ》る。

「ほら、ここだぞ」

賢吾の手を引いて馴染《なじ》みの和菓子屋に入ると、顔見知りの主人が二人を見るなりにこっと笑った。

「おや、珍《めずら》しい。今日はけん坊《ぼう》だけじゃないんだね」

「ご無沙汰《ぶさた》してます」

賢吾がよく差し入れに持ってくるようになってから、佐知はここに自分で買いに来ることがほとんどなかった。店主と会うのはかなり久しぶりで、ぴょこっと頭を下げて無沙汰を詫《わ》びると、店主は「いやいや」と笑って手を振《ふ》った。

「佐知のお陰でいいお得意さんができたからね。うちはとても助かってるよ」

「……？」

意味が分からなくて佐知は首を傾《かし》げたが、店主はそんな佐知に「知らなかったのかい？」と驚《おどろ》いた顔をした。

「もしかしてけん坊、言っちゃ駄目《だめ》だったのかな？」

「……？　いや、そんなことねえよ」

賢吾が何とか店主に話を合わせると、店主はまたにこっと笑って「愛だよねえ」と言った。

「佐知の好物をいつでも食べさせられるように、毎日取り置きをしているんだから」

「え、そうなの!?」

「そうなんだよ。けん坊が取りに来なかった日は、東雲組の若い子が引き取りに来てくれてね。ここ数年はうちで一番のお得意様なんだよ」

「そう、だったんだ……」

だから賢吾は売り切れ御免《ごめん》のはずのみたらし団子をいつでも買えたのか。

「そうだよ。はい、これは今日の分」

店主に渡された紙袋《かみぶくろ》を受け取る。まだ温かさの残るそれを手に持つと、何だか胸がぎゅっとしてしまった。馬鹿野郎《ばかやろう》……お前は何度俺を惚《ほ》れさせるのか。

「えっと、お代は……」

「毎月まとめてもらっているからいらないよ」

笑顔《えがお》の店主に「毎度あり」と送り出されて店を出た二人は、何となく無言のまま歩き出す。しばらくして、賢吾が口を開いた。

「俺が言うのも何だが、いい男だな。まあ……負けねえけど」

「…………」

笑え。ここで笑えなきゃ、賢吾が傷つく。

「今でもお前はいい男だよ」

口角を上げる。少し自分より高い目線に合わせようと上に視線を向けかけた時、耳が不穏《ふおん》な音を拾った。

「何だ？」

賢吾が音の正体に視線を向けるよりも早く、佐知の体が反射的に動いた。どうして分かったのか説明できない。だけど体中がぞわりとして、これはあの時と同じだと警告したのだ。

「賢吾っ!!」

みたらし団子を放《ほう》り捨て、思い切り賢吾を突き飛ばす。すぐそばできゅるきゅるきゅると耳《みみ》障《ざわ》りなタイヤの擦《こす》れる音がして。

やはりそうだ、と思う気持ちと同時に、よかった、と胸に感情がこみ上げる。

今度は助けられる。賢吾をあんな目に遭《あ》わせなくて済む。

佐知から離《はな》れていく賢吾の体がスローモーションのように見えた。驚きで見開かれる賢吾の目。あの時とは反対だ。

佐知の口角が上がる。賢吾には笑った顔を覚えていて欲しい。もしかしたらあの時の賢吾も、同じ気持ちだったのかな。

エンジン音が一気に近づいてくる。それが自分のほうへ向かってきていることが嬉しいと思った。賢吾は死なせない。誰《だれ》が相手だって、絶対に。

だが次の瞬間《しゅんかん》、スローモーションで動いていた風景が一変する。

突き飛ばしたはずの賢吾が一気に佐知との距離《きょり》を詰《つ》め、佐知の体を攫《さら》うように抱《だ》きしめた。

「……っ!!」

地面に叩《たた》きつけられる衝撃《しょうげき》。慌《あわ》てて体を起こすと、佐知の下敷《したじ》きになった賢吾が顔を顰《しか》めているのが目に入った。

「何で……っ！」

またあの時と同じになってしまうのか。そう恐慌《きょうこう》状態になりかけた途端《とたん》、そのままぐったりするかと思われた賢吾の目がかっと見開かれ、佐知を怒鳴《どな》りつけた。

「お前は俺を殺す気か馬鹿野郎！　お前が死んだら、俺の人生そこで終わりだろうがっ!!」

賢吾は額から血を流しながらそう叫《さけ》んで、それから素早《すばや》い動作で立ち上がる。そして今にもまた動き出そうとしている車のボンネットに飛び乗った。

「てめえ……よくも佐知を殺そうとしやがったな……っ」

鬼《おに》の形相で、賢吾の足が車のフロントガラスを蹴《け》る。がつんがつんと鈍《にぶ》い音がしたが、さすがにそう簡単には割れ……ないと思っていたガラスが、数度目には大きな音を立てて割れてしまった。

「け、賢吾……っ！」

慌てて賢吾を止めようとしたが、こんな時だというのに膝《ひざ》が笑ってしまっていて、思うように立ち上がれない。

そうこうしている間に、賢吾が運転席の男の胸倉《むなぐら》を掴《つか》んで車から引きずり出す。

「お前は絶対にやっちゃいけねえことをした。簡単に死ねると思うなよ？」

「ふ、ふざけるなっ！」

男は拳《こぶし》を振り上げたが、賢吾が片手でそれを受け止めると悶絶《もんぜつ》し始める。

「う、うぁ……っ」

胸倉を掴んでいたもう片方の手が男の顔に移動し、そのまま握りつぶそうとでもするかのように力が籠《こも》っていった。

「がっ、ぎゃあああああっ」

「け、賢吾っ！　やめろって！　俺は大丈夫《だいじょうぶ》だからっ！」

「若っ!!」

隠《かく》れて護衛していた組員達が遅《おく》れて駆《か》けつけて賢吾を止めようとするが、賢吾はそれを振り払《はら》い、今度は男の首を絞《し》め上げる。男の足が宙に浮き、酸素が不足して顔が真っ赤になっていく様を見ていられなくて佐知は賢吾に向かって叫んだ。

「そんなことしてる暇《ひま》があったら俺を抱きしめに来いよ!!　お前は俺よりそいつのほうが大事なのか!?」

男を絞め上げていた賢吾の手が下がり、男の足がボンネットにつく。賢吾は乱暴な仕草で組員達に男を引き渡《わた》してボンネットから飛び降り、駆け足で佐知に近づくなりぎゅっと抱きしめた。

「遅《おそ》い！」

「……悪かった」

ああ、生きてる。賢吾の温《ぬく》もりが嬉《うれ》しくて、佐知もぎゅっと抱きしめ返す。

「大丈夫か、佐知」

「お前が大丈夫じゃない！　額から血が出てるだろっ」

見たところかすり傷のようだが、賢吾の血など見たくないのだ。

「こんなもんは、佐知が舐《な》めてくれればすぐに治る」

「舐める訳ないだろ馬鹿っ」

「佐知、俺は大丈夫だ。それよりお前だ」

「え……？」

賢吾の声が怒《おこ》っている。何だか立場が逆転したのを感じて、佐知は戸惑《とまど》いを隠せない。

「お前、俺を庇《かば》って死のうとしただろ。ふざけんなよ、お前が死んだら俺も死んじまうだろうが。何やってんだお前は。この頭ん中にはスポンジでも入ってんのか？」

「そ、そこまで言うことないだろうが！　俺だってとっさのことだったんだよ！」

死にたいと思った訳ではない。自分のことより賢吾のほうが大事で、考えるより先に体が動いていた。

「何がとっさだ。自己犠牲《ぎせい》の精神だか何だか知らねえが、満足気な顔して死のうとしやがって。あそこでお前が死んでたら、俺は殺人犯になってるとこだぞ？　お前、そこんとこちゃんと分かってんのか？」

「いやいやいやいや！　そもそもお前が先にやったことだからな？　それこっちの台詞《せりふ》だわ。お前のほうこそ人にトラウマ残して死のうとしやがって馬鹿じゃないの？」

「はあ？　誰がいつそんな――」

「二人共、いい加減にしてください」

いつの間にか口喧嘩《くちげんか》に発展してしまっていたのを止めたのは、呆《あき》れ気味の伊勢崎だった。

「もうすぐ警察も来るんで、ちょっと落ち着いてもらってもいいですか」

「何が落ち着いてだ。分かってんのか伊勢崎、てめえの失態だぞ？」

賢吾の言葉に、伊勢崎はわずかに表情を崩《くず》したが、すぐに姿勢を正して「申し訳ありません、若」と頭を下げた。

「若を狙《ねら》った香港《ほんこん》マフィアを見つけて山田さんに情報を渡したんですが、どうやら警察内部に通じているものがいたようで、踏《ふ》み込む前に逃《に》げられたと報告を受けたところでした」

「……ということはあのおっさんの失態か。この貸しは返してもらわねえとな」

「山田さんは今、内部の裏切り者の洗い出しをしています。あの男は今度こそ自分が責任を持って預かる、とのことです」

賢吾はふんと鼻を鳴らし、少し乱れてしまっていた佐知の髪《かみ》を手で整える。

「佐知を置いてく訳にはいかねえから殺しはしねえが、腕《うで》の一、二本はいただいておけ」

「はい」

涼《すず》しい顔でとんでもない会話をして、伊勢崎は組員達のほうに足を向けかけたが、ふと足を止めて振《ふ》り返る。

「ああ、若。言い忘れました、お帰りなさいませ」

それだけ言うと、満足した顔で組員達のほうに去っていった。

「お帰りなさいませ？」

佐知が首を傾《かし》げると、賢吾の指が佐知の顎《あご》にかかる。

「伊勢崎のことなんか考えるんじゃねえよ。どうせ考えるなら俺のことをもっと考えろ」

「これ以上、お前の何を考えるんだよ」

「たとえば、俺の指輪の在り処《か》とか？」

「指輪？　ああ、お前の指輪なら財布《さいふ》の中、に……？」

賢吾の顔をじっと見つめる。佐知を見て「ん？」と意地悪く笑う賢吾の表情に、全《すべ》てを悟《さと》った。

「お前……っ!!」

次の瞬間、思い切りビンタしていた。

「この馬鹿《ばか》っ!!」

涙《なみだ》がぼろぼろと零《こぼ》れ落ちる。拭《ぬぐ》うこともせず、佐知は声を上げて大泣きした。

「う、うわあああああああっ」

思い切り、誰の目も気にせずに泣く。ずっと胸につかえていたものがどこかへ飛び散り、堪《こら》えていた感情が爆発《ばくはつ》した。

「馬鹿じゃないのか!!　お前、馬鹿なんだろ!!　この馬鹿!!」

佐知のことを慰《なぐさ》め慣れた手が、優《やさ》しく佐知を抱き寄せて背中を摩《さす》る。

いつも当たり前にそばにあった手。温もりだけで、戻《もど》ってきたのが分かる。

「佐知、ありがとうな」

「う、ううっ、ひっ、ばかやろおおおお！」

「そうだな、俺は大馬鹿野郎《やろう》だ」

賢吾の唇《くちびる》が、佐知の額に触《ふ》れる。佐知を宥《なだ》める時に賢吾がよくやる仕草だ。そんな些細《ささい》な仕草すら泣けて、佐知はえぐえぐとしゃくりあげた。

「お、俺のこと……っ、忘れやがってっ！　う、うう……っ、絶対に、ひっ、許さない、からなっ」

賢吾にしか言えない。ずっと我慢《がまん》していた言葉が堰《せき》を切ったように零れ落ちていく。

「悪かった」

「お、俺だけがっ、お前のこと、ひっ、すきで……っ、ううぅっ、お前が、お前が……っ」

「頑張《がんば》ってくれたんだよな？　ちゃんと全部覚えてる。なあ佐知、俺がどんなに嬉しかったか分かるか？」

「……っ？」

しゃくりあげるのに精一杯《せいいっぱい》で、どうにも言葉が出てこなくなった佐知に、賢吾がくしゃりと表情を崩した。

「記憶《きおく》のない俺でも、お前はちゃんと愛してくれた。お前を愛してない俺でも、お前は好きだって言ってくれた。それから……絶対に俺がまたお前を好きになると、信じてくれた」

「……だ、だって……っ、お前は、う、ううっ、俺のだから……っ、俺の、だからっ！」

「そうだな、お前のだ。お前の俺だ」

滂沱《ぼうだ》のごとく涙が止まらない。そんな佐知のポケットから賢吾が財布を出し、佐知の手に載《の》せる。

「ほら佐知、また嵌《は》めてくれ」

賢吾が手を出す。佐知は震《ふる》える手で財布から指輪を取り出し、そうっと賢吾の指にそれを戻した。

「ただいま、佐知」

「お、おかえりぃぃぃ……っ！」

がばっと抱《だ》きつくと、賢吾はそれを受け止めてキスしてくれた。佐知がよく知っている、甘くしっとりとしたキスだった。

「い、いつから全部、思い出してたんだよ……っ」

「お前が車の前に飛び出した瞬間《しゅんかん》」

「ひ、ひどいぃ……っ、何ですぐに言ってくれなかったんだよっ、俺は、俺は……っ」

「一気に記憶が押し寄せてきて混乱したんだ。あと、何かもう感情がぐちゃぐちゃでな。記憶がない時は記憶のある時の俺に嫉妬《しっと》してたのに、記憶が戻ったら記憶のない俺に腹が立ってきてな」

「……っ、お前、面倒《めんど》臭《くさ》い性格……う、う……っ」

「そうだな。すげえ面倒臭《くせ》え性格だな。記憶のない俺が、お前に告白されてたことにもムカついてるし」

「そ、それは……だって……っ」

「分かってる。感謝してるんだ、佐知。お前はほんとに、この指輪に誓《ちか》った通りに一生一緒《いっしょ》にいてくれるつもりなんだよな」

　答える代わりに賢吾をぎゅっと抱きしめる。そんなの当たり前だ。

「一生、離《はな》す気なんかないからなっ」

　今度忘れたら、いきなり襲《おそ》ってやるんだからな。怒《いか》りのままに賢吾の首筋に噛《か》みついたら、賢吾はくくっと笑って、それからとんでもないことを言い出した。

「それは嬉《うれ》しいんだが、どうやら俺は病院に戻らなきゃいけねえようだ」

「病院？」

「言うべきかどうか迷ったんだが……どうやら鎖骨《さこつ》が折れた」

「え？　折れた？　は、はあああ!?」

　慌《あわ》てて体を離して鎖骨付近に触れると、賢吾が分かりやすく顔を顰《しか》める。

「い、今？　俺が抱きついたから？」

「いや、それより前から折れてた」

「それより前から!?　俺を庇《かば》ったせいだろ！」

「せい、とか言うな。名誉《めいよ》の負傷だぞ。それより佐知、すげえ痛い、早く病院に行かねえと」

「え？　そんなに痛いのか？　わ、分かったすぐに病院に行くぞ！　い、伊勢崎！　賢吾が！　賢吾がやばい！」

「どうしたんですか？」

「鎖骨が折れたって！」

「……また入院ですか」

伊勢崎が絶望する表情を見て、あ、日常が戻ってきた、と思ってしまう。

佐知は涙を拭《ふ》いて、ふふっと笑った。

「おかえり、賢吾」

「ただいま、佐知」

記憶を無くした賢吾のことだって大好きなままだけれど、ヤキモチ焼きな賢吾には絶対に言えないな、と思った。

「いやあ東雲さん、お帰りなさい」

病室でおとなしく横になっている賢吾のもとにやってきたのは、笑いながら怒《おこ》るという難しい表情を絶妙《ぜつみょう》なバランスで成功させている田代だった。

「おう、また世話になるぞ」

「ほんとに勘弁《かんべん》してくださいよ。何もしてないのに鎖骨が折れる訳ないでしょう？　今度こそ絶対に安静に――」

「田代、俺の記憶がない間に佐知が世話になったな？　鰻《うなぎ》屋でデートしたと聞いたぞ？」

「で、デートなんてしてませんよ！　雨宮!?　どうしてそういう誤解させるようなことを言うのかな!?」

　田代は分かりやすく顔を真っ青にして佐知に訴《うった》える。怒ったり怯《おび》えたり忙《いそが》しい男だが、感情表現が豊かなところが田代の魅力《みりょく》だ。

「ははは、冗談《じょうだん》だ。お前には、本当に世話になった。佐知のことを抱きしめたことは許さねえけど」

「あ、あれは治療《ちりょう》の一環《いっかん》としてですね……っ」

　ついさっき、散々面倒《めんどう》をかけられた仕返しだと言って、伊勢崎がここ最近撮《と》り溜《た》めていた動画を持ってやってきたのだ。

　賢吾は最初、見ていて可《か》哀想《わいそう》になるほど悲痛な表情で動画を観《み》ていたが、田代が佐知に抱きついた瞬間だけはむっとした顔をしていた。

だがさすがに、自分がそれに嫉妬できる立場にないことは賢吾にだってちゃんとわかっている。

「田代、からかわれてるだけだから相手にしなくていいよ」

田代への態度を見ている限り、賢吾は意外と田代を気に入っているらしい。自分の友人が気に入られるのは、何となくいい気分だ。そうだろうそうだろう、田代はいいやつだろう、と胸を張りたくなる。

「賢吾、散々迷惑《めいわく》かけといてからかうなんて失礼だぞ。田代はお前のことをすごく心配してくれてたのに」

「いいんだよ、雨宮。こういう感じ、何か懐《なつ》かしいし」

「佐知、田代はドMなんだぞ。いじめられると喜ぶ」

「ちち、違《ちが》いますよ！」

ぶんぶんと首を振《ふ》る田代を見て、賢吾は機嫌《きげん》よさそうに笑う。こういう時にやたらいきいきするのが賢吾だ。

「賢吾、ほんとにいい加減にしろよ？　田代、ごめんな。お詫《わ》びにこの後一緒にお昼ご飯でもどう？」

「え？　俺はもうすぐ昼休みだからいいけど……」

田代の視線がちらっと賢吾に向く。嫉妬深い賢吾が、そんなことを許すはずがないと思っているのだろう。

「俺の奢《おご》りだ。好きなもん食ってこい」

田代に何か食べさせてやってくれ、と賢吾に頼《たの》まれたのだ。お礼というにはささやかだが、あまり大袈裟《おおげさ》なものは受け取ってくれないだろうから、と。

「せっかくだから、デザートも食べてこようっと」

「お前の分はお前が払《はら》うんだろ？」

「嫌《いや》でーす」

普段《ふだん》は賢吾の奢りなど絶対に御免《ごめん》だが、今の佐知は賢吾にどれだけ奢らせても足りないぐらいの気分だ。

「田代、そうと決まったらこんなやつ放《ほう》っておいて行こうぜ」

べーっ、と賢吾に舌を出し、佐知は田代を誘《さそ》って食堂に向かう。

「俺にもデザート買ってきてくれよ」

「嫌だね」

いつものように軽口を叩《たた》ける幸せを噛みしめながら。

佐知がいなくなった途端《とたん》に病室が少し暗くなったような気がして、賢吾は思わず苦笑《くしょう》する。

佐知の存在が、自分の人生をどれだけ明るくしているかを思い知らされているみたいだ。

　しばらくして、がらりと引き戸が開く。

「失礼します、若」

　入ってきたのは伊勢崎だったが、一人ではなかった。

「諸々《もろもろ》のご報告に参りました」

　伊勢崎の隣《となり》に並んだのは、よく知った顔だった。

「よう。愛妻家のご帰還《きかん》らしいな」

　確か今は山田と名乗っていたか。しょっちゅう名前が変わる男に、賢吾はうんざりした表情を向ける。

「うるせえぞ。てめえ、やらかしたらしいな」

「いやあ、まさか内通者がいるとは思わなくてなあ」

「あなたは敵が多すぎるんですよ」

　山田が取り逃《に》がしたせいで、こちらはまた命を狙《ねら》われたというのに呑気《のんき》なものだ。

「これは貸しだぞ、山田」

「分かってるって」

　本来なら、山田に引き渡《わた》すことなくこちらで片付ける案件だ。押しつけたのはこちら側なのだが、賢吾は素知らぬ顔で相手に貸しを作る。

「それにしても、いいもん見せてもらったわ。思春期のガキを見てるみたいで、おじさん、胸がきゅんとしちゃったぞ」

「うるせえ」

記憶《きおく》がなかった間のことはちゃんと覚えている。自分でも頭を掻《か》き毟《むし》りたくなるぐらいにダサい真似《まね》を何度もやらかしていた。

佐知を否定したくても、誰《だれ》かが佐知に触《ふ》れることは許せない。頭の中にアラームが鳴り響《ひび》いて、体が勝手に排除《はいじょ》しようとする。

そのくせ、俺はお前なんかに興味はないというポーズは崩《くず》せなかった。精一杯《せいいっぱい》の虚勢《きょせい》だ。今思い出してもみっともない。よくも佐知は、あんな賢吾のそばにいつも通りの顔でいてくれたものだ。

「佐知さんと出会わなかった若なんて、悪夢でしかありませんでしたよ」

「ああ、伊勢崎君は苦労させられたんだろ？　いいんだぞ、こんなやつに仕えるのが嫌になったら、いつでも俺のところに来てくれたら。なぁに、その辺りをスパイしてくるだけの、伊勢崎君からすれば簡単なお仕事だから」

「おい。勝手にうちの補佐《ほさ》を引き抜《ぬ》こうとしてんじゃねえ」

「山田さんの下で働くなんて、冗談じゃありませんよ。捨て駒《ごま》にされるのが関の山に決まっています」

伊勢崎は顔色も変えずにそう言って、「そんなことより、報告をお願いします」と山田を促《うなが》した。

「はいはい、報告ね。本来ならわざわざ俺がこんなところまで来る必要はないんだぞ。せっかくだから愛妻の顔でも拝んでやろうと思って来てやったのに、肝心《かんじん》の愛妻がいないんじゃ、来た意味が――」

「いいから早く報告しろよ」

ぶつぶつと文句を言う山田を睨《にら》む。暇《ひま》な男ではないはずなのにわざわざ来たからにはよほどのことかと思ったが、こいつ、佐知の顔を見に来ただけか。

佐知はそこら中で誰も彼も虜《とりこ》にするから困る。見た目も性格も最高な佐知だから、誰もが惹《ひ》かれるのは最早《もはや》仕方のないことだが、賢吾からすればやはり面白《おもしろ》くはない。

「分かった分かった」

「あいつ、何か吐《は》いたのか？」

賢吾が捕《つか》まえた男は、山田に引き渡されている。佐知を殺そうとした男だ。本当ならこの手で抹殺《まっさつ》してやりたいぐらいだが、それをすれば佐知を悲しませると分かっている。今回は散々佐知を悲しませた。もうこれ以上、佐知にそんな思いをさせる訳にはいかなかった。

「まあな。そこそこ口は堅《かた》かったが、こっちは落としのプロなもんで」

「お前は何でもプロになるよな。本業は何なんだ」

記憶が戻《もど》ってからまだ誰ともその話をしていないが、どうして狙われたかにはある程度の心当たりがあった。命を狙われる理由なんて星の数ほどある。その全《すべ》てをいちいち伊勢崎に報告している訳ではなかった。

賢吾の記憶がない間に、伊勢崎が上手《うま》く収めるために動いていたが、山田に押しつけたのは正解で、やはり機転の利《き》く男だと感心する。

「この頃《ごろ》じゃ、極道稼業《かぎょう》も肩身《かたみ》の狭《せま》い世の中だからな。お前らも水面下ではバチバチやってるらしいじゃないか」

「何の話だ」

山田が言わんとするところは分かっていたが、わざとすっとぼける。伊達や酔狂で極道をしている訳ではないからそれなりにいざこざはあって、それを上手く捌《さば》くのも賢吾の仕事のうちだ。

「友達は選んだほうがいいぞー、って俺とお前のよしみで忠告しといてやる」

「やくざの友達がまともな訳ねえだろうが」

揉《も》め事など日常茶飯事《さはんじ》だ。今日の友が明日の敵、なんてことも。

「まあ、確かにな。あちこちで小競《こぜ》り合いするのはやめて欲しいよ、まったく。いちいち潰《つぶ》さなきゃならないこっちの身にもなれよ？」

「嬉《うれ》しそうな顔して言う な」

「あははは」

「それで？　後のことは任せてもいいんだろうな？」

「そりゃあもちろん。捕まえたからには面倒《めんどう》見るぞ？　相手がどんなに嫌がっても、地の果てまで追いかけてでもな」

「想像しただけで最悪ですね」

伊勢崎が心底うんざりした顔をする。賢吾も想像だけでうんざりした。この男のしつこさは、何度も味わっている。

「まあ、また何か分かったら愛妻の顔を見がてら報告に来るわ」

「来るな」

「あははは、今度は花束でも持ってきてやるからな」

言いたいことだけ言って、山田はひらひらと手を振《ふ》りながら去っていく。

「佐知さん、気に入られてしまったようですね」

「まったく、油断も隙《すき》もねえな」

「今回の若には何も言う権利はないですよね」

「……そうだな」

伊勢崎にも、無様な姿を散々見られている。伊勢崎相手に恰好《かっこう》をつけるつもりはないが、さぞかし腹を立てていることがどっさりとあるだろう。

「悪か……」

「申し訳ありませんでした」

賢吾が珍《めずら》しく口にしようとした謝罪の言葉を、伊勢崎の謝罪が遮《さえぎ》った。

「若を守るのが俺の仕事です。この失態は、これから取り返します」

「……分かった」

ここで伊勢崎に慰《なぐさ》めの言葉をかければ、伊勢崎のプライドが傷つく。どういう状況《じょうきょう》であれ、賢吾を守るのが伊勢崎の仕事だ。たとえ賢吾が好き勝手したとしても、それでも伊勢崎は賢吾を守らなければならない。

「お前、厄介《やっかい》な男に仕える羽目になったな」

「いえ。あなたは俺に素晴《すば》らしい人生を与《あた》えてくれた。俺は生涯《しょうがい》を懸《か》けて、あなたにその恩返しをしなければなりません」

「面倒な性格だな、お前は」

「そうでしょうか？　東雲先輩《せんぱい》、俺は幸せですよ」

後輩の顔に戻った伊勢崎が、あの頃と同じように笑った。

「それでは若、邪魔者《じゃまもの》はそろそろ退散します。退院したら、しばらくは地獄《じごく》の日々が続くと思ってくださいね」

「退院したくなくなることを言うな」

若頭《わかがしら》補佐の顔に戻った伊勢崎が、いつもの人を食ったような笑《え》みを浮《う》かべてから病室を出ていく。

「やれやれ。のんびりできるのもあと数日か」

日常に戻れば、また若頭としての仕事が待っている。今、あの件はどうなっているだろうかと進行中の案件について頭で考え始めたところで、不意に記憶のなかった頃の自分の行動を思い出して笑いが止まらなくなった。

「まさか、木刀一つで乗り込んでいこうとするなんてな」

佐知が傷つけられたと分かった途端《とたん》、他《ほか》のことが何も考えられなくなった。無謀《むぼう》にもほどがある。今の賢吾には決してできない。もちろん、相手をそのままにするはずはないが、後先考えずに乗り込んでいくなんて、組を潰すに等しい愚行《ぐこう》である。

あの時の自分には守るものが何もなかったからできたことだ。

今の賢吾は違《ちが》う。計画を立て、万に一つの失敗もないように、頭を使う。

守らなければならないものが多い。それは一見足かせにも思えるが、その足かせがあってくれるから、賢吾は今の賢吾になれた。

『好きです』

佐知のあのたった一言を、他に聞く男が出ないように。

賢吾はこれから先も生き残り続けなければならない。

佐知を愛し続けるために。

「賢吾、プリン買ってきたぞ」

ノックもなく病室の扉《とびら》を開けて中に入ってきた佐知が、手に持っているプリンの蓋《ふた》を開けて食べ始める。

「おう、サンキュ……ってお前が食ってんじゃねえかよっ」

「プリンを買ってきたとは言ったけど、お前のだとは言ってないもんね」

してやったり、という顔で佐知が笑う。

そういう佐知を見ているだけで、賢吾は今日も幸せだ。

「あ、いててて……佐知、折れたとこがすげえ痛《いて》えぞ」

「え？　どこだ？　ここか？」

「いや、もうちょっとこっち」

「こっち？　いや、折れたのは……」

「捕まえた」

あっさりと罠《わな》にかかった佐知を捕まえると、腕《うで》の中の佐知が悔《くや》しそうに「騙《だま》された……」と呟《つぶや》く。

捕まったままじっとしているのは、賢吾の体に負担をかけないためだ。それを逆手に取って、賢吾は佐知の唇《くちびる》にくちづける。

「お前、ここをどこだと思ってんだよ」

「病室で声を殺しながらセックスって、燃えると思わねえか？」

「ばっ……！　ぜ、絶対しないからな！　そんなこと！」

「分かってる分かってる。最後まではしねえって」

「全然分かってない！　そういうことを言ってるんじゃ……っ、あ、馬鹿《ばか》っ、やめろ！　シャツの中に手を入れるな！」

「よしよし、ちょっと触《さわ》るだけにしとこうな」

「何がよしよしだ！　ふざけんな！　やめろって言って……っ、あ……」

　できれば早く記憶《きおく》のない自分とのセックスを上書きしておきたいという男心は、さすがに恰《かっ》好《こ》悪くて言葉にできない。

　佐知が、記憶のない自分のことも愛してくれていたのを知っている。

　まさか、自分自身が最大のライバルになるとは思わなかった。自分自身にすら嫉妬《しっと》する狭《きょう》量《りょう》な自分を情けなく思いながらも、賢吾はあの時の自分が触《ふ》れた場所を手で辿《たど》っていく。

「駄目《だめ》だって言ってるだろうが！」

　佐知に殴《なぐ》られるまで。

あとがき

皆様《みなさま》こんにちは、佐《さ》倉温《くらはる》です。まさかまさかの記憶喪失《きおくそうしつ》ものですが、楽しんでいただけましたでしょうか？

このお話を書いていた頃《ころ》とは世界の状況《じょうきょう》が様変わりしました。私がこのあとがきを書いている今から後、皆様がこの本を手に取る頃には、今度はよい方向に様変わりしてくれているといいなと願います。

今回のお話は、前向きな記憶喪失ものを書きたい、という気持ちから生まれたお話です。人の記憶は絶対ではありません。失われていくことだってあります。そうなった時、どう向き合うのか。その辺りを悲劇の主人公にならないように前向きに書きたいと思っていました。

そんな私の願望を、佐知《さち》が見事に叶《かな》えてくれました。過去をなくしても、未来は諦《あきら》めない。ある意味では強欲《ごうよく》なのかもしれませんが、賢吾《けんご》の愛を存分に受けてきた佐知だからこそのお話になったと思います。

佐知は本当に強くなったなあと、感慨《かんがい》深く書きました。賢吾と佐知は、どちらかが弱るとどちらかが強くなる、いいカップルですね。

それから、もうカンのよい皆様はお気づきだろうと思いますが、今回私の愛を一身に受けたのは田代《たしろ》くんでした。賢吾からも佐知からもある種の信頼《しんらい》を寄せられているという点では伊勢《いせ》崎《ざき》さんと似ているはずなんですが、性格はまるで違《ちが》いますね。でも本気で心配したというところは二人共同じだと思います。そのうち二人で飲みに行きそうです（笑）。

そして今作も、桜城《さくらぎ》やや先生にイラストを描《か》いていただいております！　いつも本当にありがとうございます！　まだ拝見していないのですが、すごく楽しみです！

担当様にも、今回も大変お世話になりました！　あらぬ方向に流れていきがちなプロットでしたが、軌道《きどう》修正していただきながら今回も何とか形にすることができました（笑）。諦めの悪い私にいつも付き合ってくださって、本当にありがとうございます！　これからもどうぞよろしくお願いいたします。

そして最後に、この本を手に取ってくださった皆様。毎日色々なことがあって、楽しい日もあればしんどい日もあると思います。そういう日々の中で、私の作品がほんの一瞬《いっしゅん》でも皆様の笑顔を引き出せるものになっているといいなと願っています。

お知らせが遅《おそ》くなりましたが、実はこっそりとＴｗｉｔｔｅｒを始めました。掌編《しょうへん》などのご案内をしておりますので、ご興味のある方はぜひフォローしてくださいませ。

二ヶ月連続刊行ということで、来月はとうとう伊勢崎さん編が出版されます。どうか、そちらのほうでも皆様とお会いできますように。

二〇二〇年　六月　　佐倉　温

KADOKAWA
RUBY BUNKO

極道《ごくどう》さんは運命《うんめい》のパパで愛妻《あいさい》家《か》

佐倉《さくら》 温《はる》

角川ルビー文庫　22271

2020年8月1日　初版発行
2024年5月25日　3版発行

発行者――山下直久
発　行――株式会社KADOKAWA
〒102-8177　東京都千代田区富士見2-13-3
電話 0570-002-301（ナビダイヤル）
印刷所――株式会社KADOKAWA
製本所――株式会社KADOKAWA
装幀者――鈴木洋介

●お問い合わせ
https://www.kadokawa.co.jp/（「お問い合わせ」へお進みください）
※内容によっては、お答えできない場合があります。
※サポートは日本国内のみとさせていただきます。
※Japanese text only

ISBN978-4-04-109545-4　C0193　定価はカバーに表示してあります。

◆◇◇

KADOKAWA RUBY BUNKO

角川ルビー文庫

いつも「ルビー文庫」を
ご愛読いただきありがとうございます。
今回の作品はいかがでしたか?
ぜひ、ご感想をお寄せください。

〈ファンレターのあて先〉

〒102-8177 東京都千代田区富士見 2-13-3
株式会社KADOKAWA
ルビー文庫編集部気付
「佐倉 温先生」係